나와 같이 사는 동안

행복했니?

나와 같이 사는 동안

행복했니?

초판인쇄 2020년 12월 14일
초판발행 2020년 12월 14일

지은이 주현영
펴낸이 채종준
펴낸곳 한국학술정보(주)
주 소 경기도 파주시 회동길 230(문발동)
전 화 031-908-3181(대표)
팩 스 031-908-3189
홈페이지 http://ebook.kstudy.com
E-mail 출판사업부 publish@kstudy.com
등 록 제일산-115호(2000. 6. 19)

ISBN 979-11-6603-231-8 13810

몽이, 쫑이, 꼬몽이의 이야기

나와 같이 사는 동안
행복했니?

주현영 지음

이담
Books

그림에 흔적을 남기고 간 아이

"언니, 혹시 주무세요?"

자려고 준비를 하던 차라 시계를 봤다. 열흘 전, 강아지 춘심이를 하늘로 보낸 춘심이 엄마로부터의 메시지였다. 열두 시가 넘은 이 시간에 메시지를 할 분이 아닌데 무슨 일이 있나 싶어서 얼른 "안 자고 있다"고 답했다.

"혹시 언니, 춘심이 그리실 때 코에 빨간색을 칠하셨어요?"
"아뇨, 갈색으로요."
"이상하다. 우리 집에는 빨간색 사인펜이나 펜이 없거든요. 빨간색을 안 쓰셨어요?"
"잠시만요."

핸드폰을 뒤져서 춘심이의 밑그림부터 찾아봤다. 밑그림 그릴 때부터 첫 채색과 두 번째 덧칠 등 모두를 기록으로 남겼다. 폰의 사진들을 훑어봤지만 빨간색은 눈에 보이지 않았다.

"갈색이에요."

"아 진짜요?"

"왜요?"

"언니, 우리가 빨간색을 칠하지 않았거든요. 근데 지금 그림 속의 춘심이 코가 빨개요. 춘심이가 죽기 직전에 피를 쏟았던 그 부분이. 사진 보내 드릴게요."

보내온 사진 속의 춘심이 코 테두리에 진한 빨간색이 있었다. 그녀는 말을 이어갔다.

"언니, 제집에 빨간색 펜은 없어요. 오늘 춘심이 아빠가 늦게 와서 혼자 있었는데 지나가다가 그림을 봤더니 그림이 달라 보이는 거예요. 분명히 저렇게 빨갛지 않았거든요. 갑자기 소름이 돋아서 전화 드렸어요."

전화를 하면서 가만히 생각해 보니 춘심이 밑그림을 그릴 때 빨간색을 군데군데 썼던 기억이 났다. 하지만 그림을 뒤져봤을 때도 빨간색을 찾지 못했고 밑그림에 붉은색을 쓴 기억조차 못 했었다. 그만큼 빨간색은 춘심이 밑그림에서 주요 부분이 아니었다. 다시 핸드폰의 사진첩을 열어 춘심이 유화 그림들을 유심히 봤다. 다소 빛에 따라 코 밑 부분이 빨갛게 보이기는 하지만 춘심이 엄마가 보내 준 사진처럼 새빨갛지는 않았다.

　나도 소름이 돋았다. 혹 밑그림 때문에 그렇게 비친다고 해도 군데군데 빨간 밑그림을 썼던 그 부분이 아가가 가기 직전, 피를 쏟은 부분이고 그 모습이라니….

　작년에 내 강아지가 살아 있을 때 강아지를 그려주고 싶어서 한 달간 유화를 배웠다. 더 배우러 가려고 했지만 시간이 나질 않았다. 그러다가 한 달 그린 그림을 참조해서 강아지를 그리기 시작했는데 주위의 반응이 폭발적이었다.

　개발새발 그려서 선물하기 시작했다. 지인들의 강아지를 그리고, 고양이를 그렸다.

　내가 입양하려 했던 춘심이의 그림을 그린 건 당연한 일이었다. 그 당시 춘심이는 많이 아팠다. 그래서 그림으로나마 춘심이 엄마 마음에 작은 위로가 됐으면 했다.

빨간 부분은 밑그림 때 옆에 있던 펜을 쓴 모양이었다. 유화를 그려 본 분들은 알겠지만 첫 채색 후 말려서 덧칠하면 또 말리고 다시 덧칠하고를 반복하면서 그림을 완성해 나간다. 덧칠로 안의 색은 감춰질 수 있다. 그 빨간색은 첫 채색 때부터 이미 물감으로 덮여서 안 보였는데 춘심이가 가고 열흘 만에 그림에 변화가 생긴 거다. 아니 갑자기 그 밑그림의 색이 도드라졌다 해야 맞는 걸까?

하지만 나에게 신기(神氣)가 있는 것도 아니고 춘심이가 떠나기 한 달도 전에 빨간 밑그림이 춘심이가 가기 전 피를 쏟을 부분이라는 걸 알 턱이 없지 않은가.

물론 읽으면서 '순 개뻥!'이라고 생각하면 어쩔 수는 없다. 하지만 난 몽이의 죽음 이후 신기한 경험을 했기 때문에 춘심이 엄마의 전화 내용을 믿을 수밖에 없다.

그래서 춘심이 엄마와 그림에 대한 이야기를 이렇게 일단락하려 한다. 춘심이가 인사하러 다녀갔다고. 엄마에게 자신이 왔다 갔음을 알게 하려고 그림에 표현을 하고 간 거라고. 내가 의도치 않게 빨간 밑그림을 그렸던 것도 이유가 있었던 거라고.

　춘심이와의 인연은 몽이 때문이었다. 내가 유기견에 관심을 갖게 된 것도, 모든 생명이 다 동등하게 자기표현을 하고 적극적으로 살고 있으며, 소중하다는 사실을 알게 해준 것도 몽이였다.
　내 첫 강아지 몽이가 암 선고를 받고 나서 지푸라기라도 잡는 심정으로 인터넷을 뒤지던 시기가 있었다. 그러다가 우연인지, 몽이의 인도였는지 실로 많은 아이들의 실태를 눈으로 보게 됐고, 많이 울고 많이 아파하게 됐다.

　부산에서 임시 보호를 하고 치료해서 아이들을 입양 보내는 분의 블로그를 접하면서 더더욱 빠져들었다. 그분을 통해서 더 많은 블로거들을 접했다. 그러던 어느 날, 춘심이라는 아이를 알게 됐다. 뼈만 앙상하게 남은 어린 페키니즈 아이. 임시로 보호하던 분이 아무리 씻겨도 뒤집어쓴 때가 빠지지 않던 작고 작은 어린 생명.
　집에도 아픈 페키니즈가 있어 망설이다가 입양 결심을 하고 전화를 했을 때 간발의 차이로 입양이 됐다는 말을 들었다. 춘심이의 엄마가 된 분과 나는 블로그를 통해 자연스럽게 인사를 하게 됐고 친해지게 됐다. 김해와 서울이라는 먼 거리는 중요하지 않았다. 서로의 이야기를 하면서 마음을 열고 아이들의 이야기를 한 지 어느새 7년, 그간 춘심이는 그녀에게 사랑을 많이 받았었다. 그 사랑을 오롯이 간직하고 먼저 무지개를 건넜는데 이런 일이 생겼다. 인연이라는 건 정말 인간의 영역이 아니라는 생각이 들었다.

〈사진 1〉 춘심 엄마한테
보낼 때 그림

〈사진 2〉 춘심 엄마가
보낸 그림 사진

주요 등장인물

돌프 : 두 아가의 아버지이자 영원히 철들지 않을 50대 남자

풍뎅 : 나 . 두 아가의 엄마 . 돌프보다 조금은 철이 든 50대 여자

몽 : 가장 철이 들었던 강아지

쫑 : 형 몽이를 너무 사랑했던 소심한 강아지

꼬몽 : 지구 최악의 말썽꾸러기이자 애교가 많은 강아지

몽이 이모 : 풍뎅의 여동생 . 성깔은 있지만 강아지를 너무 좋아하는 50대 여자

PART 01

강아지를 키운다는 건

1. 아이들의 이야기 시작,
   몽이 이야기

몽이를 만나다

풍뎅은 늘 바빴다. 그래서 강아지를 키울 엄두를 못 냈다. 어느 날 돌프가 "결혼 1주년 기념으로 강아지 데리고 올까?" 하고 물었던 게 몽이와 만나게 된 출발점이다. 당시 돌프는 강아지를 별로 좋아하지 않았다. 싫어하진 않았지만 좋아하지도 않았기 때문에 그가 이런 얘기를 꺼낸 것은 참 이례적인 일이었다.

"싫어!"

풍뎅은 잘라 말했다. 정말 강아지를 키울 엄두가 나질 않았다.

"난 키우고 싶은데, 자기한테 뭔가 선물을 해주고 싶어. 우리 사이에 뭔가 있어야 할 거 같아서"라며 말끝을 흐렸다.

신혼 1년. 돌프와 풍뎅은 참 많이 싸웠다. 이런저런 일로, 사소한 일까지도 싸움의 원인이 됐다.

아침에 일어나면 겉모습만 돌프인 모르는 사람이 집에 있었다. 그 동안 알던 사람이 아닌, 낯선 사람인 듯한 사람이 집에 있는 것 같았다. 그러다 보니 자꾸 대립 상황이 만들어지고 무궁무진한 지뢰밭도 생겨났다.

어쩌면 강아지로 인해서 그 지뢰를 영원히 불발로 만들어 버릴 계기가 되지 않을까 하는 생각이 풍뎅과 돌프 사이에 암묵적으로 통한 건지 더 이상의 별다른 언급이 없었는데도 둘 사이에 강아지 입양이 기정사실화됐다.

결혼 1주년 기념일이던 그날, 좋은 인연을 만날 예감처럼 하늘이 참 맑았다.

그동안 돌프가 가까이서 본 강아지는 동생이 키우던 순하디순한 시추 멍이가 다였기 때문에 돌프는 시추를 데려오고 싶어 했다.

소개를 받고 찾아간 애견숍에는 시추 꼬물이 두 아이와 페키니즈 한 마리가 있었는데 페키니즈 아가는 이것저것 물어뜯고 깡충거리면서 엄청난 에너지를 발산하고 있었다.

풍뎅은 페키니즈 아가가 단박에 마음에 들었다.

"나는 쟤가 예뻐!"

페키니즈라는 종을 처음 본 돌프는 "뭐 개가 저렇게 생겼어? 주둥

15

이에 털도 없고 좀 이상해 보여" 하면서 시추 두 마리를 쳐다보다가 "혹시 다른 애는 없어요?"라고 물었다. 페키니즈 아이의 파워에 그 아가들이 뭔지 부실한 듯 보였나 보다.

주인 아주머니는 금방 데려올 수 있다며 기다리라고 했다. 풍뎅은 페키니즈 아가에게 마음을 빼앗겨 계속 보고 있었다.

잠시 후 가게 문이 열리면서 중년 아저씨기 들어왔다. 그러더니 풍뎅이 눈을 떼지 못하고 있는 페키니즈 아가를 번쩍 들었다.

"내가 며칠 전부터 봤는데, 이놈이 참 건강한 거 같아. 오늘 이놈을 데려가야겠어."

풍뎅이 아쉬운 눈으로 돌프를 쳐다보는데 갑자기 돌프가 나섰다.

"저… 그 아이 저희가 데려가려고 기다리고 있는 건데요."

풍뎅은 돌프를 쿡 찌르며 "뭐? 우리 시추 기다리…" 하는데 돌프가 단박에 그 말을 막으며 "무슨 소리야? 애 데려가려고 하는 거였잖아. 사장님, 저희 애 데려가면 되는 거죠? 살림살이 될 만한 거 전부 주세요. 저희가 처음 키우는 거라 아무것도 없거든요"라고 소리쳤다.

놀란 풍뎅과 당황한 주인 아주머니, 황당한 중년 아저씨. 그들 사이로 여유가 있어 보였던 건 돌프뿐이었다. 강아지와 물품을 챙겨 나오면서 왜 그랬냐고 물었다.

돌프는 씩 웃으며 대답했다.

"나도 쟤가 싫지 않았어. 당신도 맘에 들어 하는 것 같았고. 그래서 데려갈지도 모른다고 찜해 놓고 계속 보고 있었는데, 갑자기 그 아저씨가 데리고 간대잖아. 순간 내 거 뺏기는 기분이 들더라."

참으로 간단명료한 이유였다.

그때부터 몽이는 돌프의 아들이자 친구이자 부인이기까지 했다(이놈은 수놈이지만 돌프를 항상 바라보는 자세로 잠들었고, 아빠가 늦는 날이면 아빠 베개를 베고 누워 잠을 잤다).

그리고 강아지를 처음 키우는, 별로 개를 좋아하지는 않았던 돌프를 찐 애견인으로 만들어 버렸다. 한마디로 둘은 죽고 못 사는 사이가 된 것이었다.

몽이의 첫날

몽이는 배변판 위에만 앉아서 애견숍에서의 에너지와 포스는 어디에 집어던졌는지 잔뜩 인상을 쓰고는 겁에 질려 있었다. 그런 몽이가 걱정이 돼서 사료를 갖다 줘 보기도 하고 안아 보기도 했다. 몽이는 품에서 내려지면 어느새 슬그머니 다시 배변 패드 위에 앉아 있었다.

"어디 아픈 건가? 우리가 무섭나?"

"참, 우리 애 이름을 뭐라고 지을까?"

"몽이!"

순간의 망설임도 없이 돌프의 입에서 아가 이름이 나왔다.

"왜?"

"처제가 키우는 멍이 동생이니까."

역시 잔머리의 고수답게 돌프는 대답이 재빠르다.

"몽이 좋다! 몽아, 뭐 좀 먹어. 왜 아무것도 안 먹니?"

걱정하다가 애견숍에 전화했더니 '맛있는 거 달라'는 사인이라고
했다. 나름 개에 대한 얄팍한 지식은 있어서 양념 안 된 고기를 살짝
구워서 줘 봤다.

"와~ 먹는다!!!"

둘은 환호성을 질렀다.

다음엔 호칭이 문제였다. 돌프는 몽이에게 풍뎅을 '엄마'라 소개했
는데 풍뎅은 그 엄마라는 소리가 거슬렸다. 결혼하고 1년, 아직 아이
를 낳을 생각도 안 한 풍뎅에게 '엄마' 소리는 낯설다 못해 거슬리기

까지 했다.

"그냥 언니나 누나라 부르면 안 돼?"

돌프는 어이없다는 듯 말했다.

"막장 드라마니? 내가 아빠인데 네가 누나?"
"그래도 엄마는…."
"그리고 우리 같은 사람들 때문에 얘는 자기 엄마랑 헤어져서 거기 나와 있는 거야. 그럼 엄마 아빠가 돼 줘야지."

속으로 불편했지만 돌프 말이 틀리지는 않았다.

'엄마'….

정말 낯선 단어였다. '내가 엄마가 되다니. 그것도 개 엄마'가…. 썩 내키는 호칭이 아니었지만 풍뎅은 이로써 몽이의 엄마가 됐다.

강아지를 처음 키워 본 돌프는 절대 강아지와는 같은 방에서 안 잔다는, 절대 침대로 강아지를 끌고 들어오지 말라는 다짐을 풍뎅에게서 받아놓고 마루에 잠자리를 마련해 줬다.

5분도 지나지 않아 몽이가 애처롭게 끙끙거렸다. 돌프는 모르는 척하며 안 들은 척했지만 간헐적으로 내는 아이의 소리에 신경 쓰였나 보다.

"방으로 데리고 와서 침대 밑에 재울까?"

돌프의 말에 안 그래도 데리고 들어오고 싶었던 풍뎅은 바로 행동으로 옮겼다. 배변판을 끌어오고, 혹시 밤에 목이 마를까 봐 물통을 갖다 놓고, 강아지 방석을 갖고 왔다. 부산스레 움직이고 아가를 데려다 놓고 조금 만족스러워 불을 껐다. 그런데….

"낑~끙~"

아가가 잠을 못 자고 무서워한다. 많이 낯설겠지. 얼마나 무서울까.

"오늘 하루만 내가 안고 자면 안 될까?"

〈사진 3〉 첫날의 몽,
풀이 죽어 있다

풍뎅의 말에 돌프는 절대 안 된다고 하다가 몽이와 눈이 마주쳤다. 잠시 그 눈을 보던 돌프가 말했다.

"오늘만이야."

"아싸!"

다짐을 받은 그날 이후로 몽이의 잠자리는 그들의 침대였다.

몽이와 식구 되기

며칠간을 몽이는 잔뜩 겁먹은 모양으로 인상을 쓰고 구석이나 패드 위에 앉아 밥도 먹고 졸기도 했다. 그런데 훈련을 시키지도 않았는데 기특하게도 하루 만에 패드에 쉬를 한다. 하지만 이런 경우는 흔치 않다. 대부분의 강아지는 낯설고 스트레스가 쌓여 아무 데나 일을 벌이는 일이 허다하다. 몽이도 시간이 지나면서 가끔 실수를 했다. 그래서 풍뎅은 배변 훈련을 시키기 시작했다.

강아지 배변훈련

강아지는 사람 말을 전부 알아들을 수가 없다. 단지 야단을 맞는지 칭찬을 듣는지는 느낌으로 안다.

처음 강아지를 입양했을 땐 설사 훈련이 되어 있는 강아지라 해도 그 집에서 배변을 어디에 해야 하는지 아무리 사람말로 얘기해도 모를 수밖에 없는 게 당연한 거다.

일단 쉬야(소변)를 할 때 아가를 잽싸게 패드 위에 올린다. 그런데 하던 일을 거기서 마저 해 주면 좋을 텐데 그렇지 않고 멈춰 버리는 경우가 종종 있다. 뭔지 모르지만 야단을 맞는다고 느끼는 것 같다.

그러면 패드에 쉬야를 묻혀 놓고 패드를 온 집 안에 많이 깔아 놓고는 어쩌다 거기에 소변을 봐 주기를 기다린다. 그리고 어쩌다 패드에 하게 되면 더럽고 치사하지만 무한 칭찬을 한다. 강아지는 칭찬받고 사랑받는 건 귀신같이 안다.

때로는 간식도 준다. 매번 간식을 주면, 주다 안 주거나 외출했다 돌아온 순간 지뢰를 밟을 수 있으므로 간식은 '가끔'으로 제한하는 것이 좋다. 주로 아이가 넘어갈 만큼의 무한 칭찬과 안아주기를 해 주고 간식은 간헐적으로 준다.

주의점이 있다. 패드에 쉬야를 하는 순간에 칭찬을 해 줘야 한다. 아무 데나 쌀 때 역시 그 순간에 야단을 쳐야 한다. 시간이 지나면 사람 말을 모르는 강아지는 왜 야단을 맞는지, 왜 칭찬을 듣는지 헷갈린다.

어느 정도 패드에 싸는 게 익숙해진 듯하면 패드를 줄여 나간다. 이 과정이 한 달 이상은 걸린다. 이 기간 동안은 모두 외출하지 말고 되도록 같이 있어 주는 게 좋다. 한두 달 고생하고 평생이 편한 게 낫지 않은가.

완벽해지지 않으면 조금 실수를 한다. 이것 역시 당연한 거다. 혹시 실수를 하면 다시 패드를 잔뜩 깔았다가 점차 원하는 장소로 유인

하면서 패드를 줄여나가기를 몇 번 반복하면 100프로 가린다.

절대!!!!!! 조급해하지 말 것.
사람의 말이나 표현을 알아들을 수 있을 때까지 기다려줄 것!!!!!!

몽이와 시간을 보내면서 페키니즈가 그렇게 털이 빠지는지 처음 알았다. 털을 뭉텅뭉텅 날리면서 빛의 속도로 뛰어다니면 뛴 자리에는 솜뭉텅이가 굴러다녔다. 아마 배내털이 빠지는 거라 더 심했으리라.

하지만 털이 날린다고 아가를 가둬 둘 수도 없고 해서 풍뎅은 입을 댓 발이나 내밀면서 억지로 청소를 택할 수밖에 없었다. 돌프도 날아다니는 털을 불편해했다.

한술 더 떠 집이 익숙해진 몽이에게는 빠르게 사춘기까지 찾아왔다. 풍뎅이 야단을 치면 마주 서서 짖는다. 한마디를 하면 두세 번을 말대꾸하듯 고개를 바짝 들고 짖는다. 복종 자세(사람처럼 똑바로 눕게 하는 것)를 하게 하면 물기도 한다. 풍뎅은 몽이의 그런 행동에 강아지를 잘 모르는 돌프가 싫어할 것 같은 불안감이 들었다. 그래서 말 안 듣기 시작한 아가를 앞에 놓고 천천히 얘기를 시작했다.

"몽아, 아빠는 강아지를 원래 좋아하던 사람이 아냐. 네가 엄마 말을 안 듣거나 물어도 엄마가 널 미워하거나 하진 않을 거니까 넌 아빠를 더 따라주고 아빠 말만은 들어줘."

신기하게도 몽이는 뭔가 듣고 있는 듯이 고개를 갸웃거렸다. 그 이후 풍뎅의 말은 더 안 들었지만 아빠 말은 다 따르는, 아빠의 몽이가 돼 줬다. 몽이가 세상을 뜬 그날까지 엄마와 그날의 약속을 지켜준 거였다고 믿을 수밖에 없게 행동을 해 줬다. 하지만 이건 어디까지나 풍뎅의 착각일 수도 있다는 것을 간과할 수는 없다.

강아지는 자기 스스로가 그 집에서의 서열을 정한다는 속설이 있다.

강아지가 스스로 정하는 서열

강아지는 자기 스스로의 서열을 정하는데 보통 2순위로 자기 순위를 매긴다고 한다. 그리고 그 집 막내는 알아서 '무시'해 버리는 습관이 있다고 하는데, 믿거나 말거나지만 그 속설을 따르면 몽이는 풍뎅과의 약속을 알아듣고 지켜준 것이 아니라 아빠를 주인으로 모시고 풍뎅을 무시했다는 불편한 진실에 다다르게 된다. Oh My God!!!!!

몽이의 이상한 식습관

몽이가 온 지 한 달 후 털이 너무 날려서 첫 미용을 했다. 털이 덜 날리니 마음이 한결 가벼웠다. 이후 한 달을 더 보내고서야 몽이는 한강 둔치로 첫 산책을 나갈 수 있었다.

그런데 이놈이 몸이 가벼워서 바람에 날아갈 걸 걱정했는지 돌을 집어 먹는다. 돌을 집어 먹고 뛰어 보고, 풀 뜯어 먹고 뛰어 보고….

<사진 4> 페키니즈는 이래 봬도 전승 설화가 있는 강아지라고….

고개를 숙이기 무섭게 돌이나 풀을 먹는다. 집에서 굶기기라도 한 것처럼.

의사 선생님께 전화 드렸더니 큰일 난다며 못하게 하라고 얘기하셨지만 워낙 빛의 속도로 먹고는 오물거리고 있는 몽이. 먹고 나서 뭐가 그리 좋은지 토끼처럼 깡충깡충 뛰어다닌다. 보통의 강아지라면 밖에서 그렇게 걷고 뛰면 볼일을 볼 수밖에 없다는데, 어릴 때의 몽이는 밖에서 절대 볼일을 보지 않았다. 그리고 집에 오면 다급히 배변판을 찾곤 했다.

'몽아, 너 커서 뭐가 되려고 그러는 거니?'

집에 풍뎅의 제자들이 오면 얼굴이 납작한 페키니즈인 몽이를 신기하게 생각했다.

"쌤, 저 개는 종류가 뭐예요?"

"페키니즈야."

"희한하게 생겼어요."

"너, 시추 알지?"

"네!"

"쟤가 시추 조상이야. 중국 황실에서 소매에 넣어 다녔다던 황실 개가 페키니즈이고, 뭐 이런저런 이유로 라사압소라는 종류랑 교배해서 만들어 낸 믹스견이 시추거든."

코 눌린 아이들 1. 페키니즈의 전승설화

Peking(베이징)을 상징하는 개라는 의미로 페키니즈로 명명된 이 견종은 8세기부터 중국 당나라 왕족의 총애를 받으며 왕실에서 길러졌다. 주인이 죽으면 순장을 시켰다고도 한다. 또 반 신(半神)으로 여겨져서 페키니즈를 훔치면 중벌에 처했다고 한다. 그러다가 2차 아편전쟁 때 황제가 피란을 가면서 미처 못 데려가는 페키니즈에 대해서 "적에게 넘겨질 바엔 차라리 모두 죽여 버려라"라고 명령했지만 궁에 들어온 영국군에 발견된 페키니즈는 영국으로 가게 됐고, 유럽으로 알려졌다고 한다.

페키니즈는 가슴이 넓고 앞다리가 굵고 뒷다리가 가는 형태로 사자의 몸체를 닮았다. 독립성이 강하고 겁이 없고 용감하며 호전적이다. 아마 이러한 특성 때문에 특유의 똘끼가 발휘되는 듯싶다.

또한 자신의 주인에게 주는 사랑을 견생 최고의 목표로 삼고, 한 주인만을 따르는 것으로 유명하다. 그래서 외부인에게는 경계심이 아주 강하다. 편식도 심하고 음식을 씹지 않고 삼켜 버리는 일이 흔하다. 코골이도 심하며 고집이 세서 훈련시키기에는 어려움이 있는 견종이다.

페키니즈에는 내려오는 전설이 있다. 동물의 말을 알아들을 수 있을 만큼 수도를 한 스님께(스님이 아니라 부처님이라는 설도 있다.) 수사자 한 마리가 와서 원숭이를 사랑하고 있노라고, 사랑을 이루게 해달라고 간청을 했다고 한다. 스님이 처음에는 화를 내며 쫓아 보냈지만 매일 찾아와서 애원하는 사자를 보고 감동했다. 하지만 원숭이를 사자의 크기로 만들 수는 없었다. 그래서 사자를 원숭이 크기로 만들어 결혼하게 해줬다. 그렇게 해서 태어난 새끼가 페키니즈라는 설이다. 이 때문에 페키니즈 얼굴은 원숭이를 닮고 몸은 사자를 닮았다나 뭐라나. 어쨌든 그런 전설이다.

코 눌린 아이들 2. 시추의 역사

시추는 '사자 개'라는 중국 발음 '스쯔거우'에서 유래된 이름으로, 여러 가지 역사적 추측이 있는데 가장 대표적인 두 가지 설은 달라이 라마라는 티베트 사람이 중국 황제에게 시추를 선물로 주어서 중국 황실에서 길러졌다는 설과 티베트의 라사압소를 들여와 페키니즈와 교배시켜 오랜 세월에 걸쳐 만들어냈다는 설이다. 이런 저런 연유로 중국 황실에서 살게 된 시추는 티베트에서보다 더 큰 사랑을 받으며, 귀한 몸이 되었다. 특히 청나라 말엽 서태후가 무척이나 사랑했던 개로 유명하다.

시추는 아기 때 털이 얼굴 주위에서 사방으로 자라나기 때문에 '국화 모양 얼굴을 가진 개'라고도 불린다. 중국 황실에서 시추는 내시들이 맡아 길렀다고 한다. 내시들은 황제의 맘에 드는 모양으로 만들기 위해 경쟁했다. 선택된 시추는 초상화로도 그려졌으며, 선택된 시추의 내시는 상을 받기도 했다.

시추는 애교도 많고 활발하지만 주인 외에는 잘 안 따르고 자존심이 강하다. 아이들과 금세 친해져서 아이가 있는 집에서도 최고의 반려견으로 꼽힌다. 숱에 비해 털도 잘 안 빠지고 냄새도 심하지 않은 편이다. 또 주인의 마음을 바로 읽어 주인이 난폭해지거나 화를 내거나 슬퍼하거나 하는 행동에 대해 빠르게 반응한다.

머리가 나쁘다는 평과는 달리 기억력이 굉장히 좋아 혼낸 것을 잊지 않고 오래 기억하는 편이다. 그리고 화나면 주인을 야단치기도 한다고. 시추가 짖을 때는 뭔가를 요구하는 것이거나 맘에 안 드는 주인을 야단치는 것이란다.

코 눌린 아이들 3. 라사압소란

시추의 조상으로 알려진 라사압소는 2000년 전부터 티베트에서 실내견으로 길러졌으며, 특히 라마교에서는 열반하지 못한 라마승의 영혼이 환생한 것으로 여겨 매우 신성시됐다. 귀신 쫓는 개로 여겨졌고, 액을 물리치는 행운의 상징이라 생각했다고 한다. 티베트에서는 주인이 죽으면 그 영혼이 키우던 라사압소에게 옮겨진다고 여기기도 했다. 라사압소는 영리하지만 궁중과 사원에서 대우받은 혈통인 까닭에 훈련이나 간섭을 싫어하고 경계심도 많아 잘 짖는다. 성격은 좋은 편이라고 하나 고집이 세서 훈련은 힘들 수 있고 싫은 행동을 하면 주인에게도 공격적인 행동을 보인다. 따라서 아이 있는 집은 주의해야 한다. 하지만 주인에 대한 충성심은 매우 뛰어나다. 다양한 기후와 환경에 적응이 뛰어나며 장수하는 개로도 유명하다.

여러 가지 설이 있어 어떤 것을 정설로 봐야 할지 모르겠지만 많은 기록들은 라사압소와 페키니즈의 교배종으로 개량된 종이 시추라고 전한다.

기록들을 쭉 찾다보니, 역시 페키니즈 특유의 똘끼와 아무 데서나 겁대가리를 상실하는 것은 혈통 때문이었던 거다. 진짜 몽이의 성깔은 보통 이상이다. 하지만 참 영리하다. 엄마가 레슨을 시작하면 일하는 걸 알고 조용히 기다려 줬다.

밖에서 용변은 부끄러워요

몽이는 산책을 무척이나 좋아했지만 밖에서의 용변은 부끄러운 모양이다. 산책을 마친 후 집에 들어와서는 다급히 자신만의 사적인 화장실로 직행한다.

강원도 오대산의 식물원에 가기로 했다. 몽이에게 더 넓은 세상을 보여주고 싶었다. 이번에는 좀 멀리 나가는 산책이라 풍뎅과 돌프는 용변을 너무 참다가 병이라도 걸릴까 봐 걱정을 했다.

5월의 날씨가 환상적이었다. 꽃들이 여기저기 서로 뽐내며 피어 있었다.

몽이는 타고난 체력이 좋다. 한 시간 가까이 산길을 올랐는데도 잘 따라 다녔다. 하지만 틈틈이 그리고 여전히 풍뎅과 돌프의 눈을 피해 풀을 뜯고 돌을 캐신다. 전생에 채석을 하셨던가, 수석을 모으셨던가 보다.

산길을 돌아 다시 주차장으로 내려올 때까지 그 긴 시간을 소변도 안 보던 몽이는 길에서 예뻐라 해주시는 중년의 아저씨를 만났다. 자기를 쓰다듬어 주는 아저씨가 너무 좋았는지 그만 흥분상태가 돼서 꼭 잡고 있던 '소.변.줄'을 놓쳐 버렸다. 세 시간 이상을 참은 상태였으므로 당연히 마려워야 하는 게 '견지상정'이었지만 하필이면 가족도 아닌 남에게 매달려 소변을, 그것도 '찔끔'도 아니고 '촬촬촬~' 놓쳐 버릴 줄이야.

너무 죄송해 휴지며 물티슈를 꺼내는 풍뎅 부부에게 아저씨는 마음 좋게 웃으며 자신도 개를 키워서 괜찮다 하고는 자리를 떴다.

"이 쉬키! 저 아저씨가 착하셨으니 망정이지…. 몽이, 너 제삿날이었을지도 몰라!"

하지만 다행스럽게도 그날 이후로 몽이는 부끄러움을 벗어났는지 밖에서 '자신만의 용무'를 볼 수 있게 됐다. 또 하나! 반가운 사람을 보면 쉬야를 지리는 습성도 여기서 '잉태'됐다.

터미네이터입니다

몽이에게는 두 가지 또 다른 버릇도 생겼다.

'옷 바구니 안에 들어가 누워서 거기 쇠를 윗니에 걸쳐놓고 입을 벌린 상태로 자는 것'과 '자기랑 비슷한 크기의 인형에게 붕가붕가 (마운팅)를 시작한 것'이었다.

강아지의 붕가붕가를 처음 본 돌프는 놀라서 "몽아!" 하고 불렀고, 그 행위가 뭔지도 모르고 본능에 충실하던 몽이도 놀라서 놀라는 돌프를 쳐다보았다. 아 이제 때가 됐다 싶었다.

"5차 접종도 끝났으니까 중성화시켜야겠지? 집에 오는 여자 손님들한테 저러면 질색을 할 거야."

몽이를 병원에 데리고 갔다.

" 중성화해도 될까요 ? 몸은 약하지 않아요 ?"

걱정스러워 하는 풍뎅 부부에게 항체검사를 한 의사쌤 왈

" 터미네이터입니다 ."

그 한마디로 바로 몽이의 수술이 정해졌다. 수면 마취는 몸에 무리가 갈 수 있다고 해서, 조금 더 안전한 흡입 마취를 택했다. 풍뎅네 집에 오게 된 지 3개월이 될 즈음 몽이는 *카스트라토가 됐다.

*카스트라토란? 바로크 때 몬테베르디가 고용하면서 유명해지기 시작한 거세 가수로, 여자가 무대에 오르는 것이 금기된 로마에서 많이 고용됐다. 바로크 말기에는 최고의 인기와 전성기를 누리던 지금의 아이돌 같은 존재였다.

미성의 보이 소프라노들이 변성기가 되기 전에 자신의 의지와는 상관없이 자기보다 입김이 더 센 누군가에 의해 거세를 당했던 시대의 희생자들인 카스트라토처럼 본인의 의지와 관계없이 몽이의 중성화도 강제로 결정됐다.

깨어난 몽이는 많이 아파했다. 자기가 왜 아파야 하는지 모르는 아가. 중성화를 안 하면 더 문제가 많다고 해서 시켰지만 의기소침해진 몽이를 보니 맘이 아프다. 그리고 잘한 짓인지 헷갈렸다.

열흘 뒤 잘 아물었다고 해서 실밥을 풀었다. 하지만 아가에게는 스

트레스가 컸을 것이다. 그다음 날부터 몽이는 구토를 하고 설사를 했다. 풍뎅과 돌프는 공기 좋은 곳으로 가서 기분을 풀어주기로 하고, 약 처방을 받아서 약간의 걱정은 마음속에 담은 채 중미산의 휴양림으로 향했다.

확실히 맑은 공기가 힐링이 되는 듯했다. 몽이는 곧 편안해지고, 구토도 설사도 멎었다. 하지만 그런 자신에게 안심한 건지 또 '소.변.줄'을 놓쳤다. 그것도 자려고 막 깔아 놓은 이불에서.

당연히 그 이후의 수습은 풍뎅 부부의 몫이었다. 이불을 빨고 드라이로 밤새 말리고….

비순비대

앞에서 몽이의 버릇 두 가지를 말했었다. 그중 하나인 옷 바구니 안에 들어가서 거기 쇠를 윗니에 걸쳐놓고 입을 벌린 상태로 자는 것은 사실 살기 위한 몸부림이었다. 몽이는 물고기처럼 자주 입을 뻐끔거렸다. 초보 엄마 풍뎅은 그게 아가라서 그런 거라고, 나름 애교를 부리는 거라고 귀엽다고 호들갑을 떨었다.

풍뎅과 돌프가 외출해서 돌아오면 종종 몽이는 옷을 걸어놓은 행거로 가서 밑에 있는 커다란 철제 바구니에 윗니를 걸쳐놓고 입을 반쯤 벌린 상태로 잠들어 있었다. 그 희한한 행동도 너무 특이해서 귀여웠는데 어느 날 병원에 가보니 몽이의 코가 너무 작아서 호흡이 힘들어서 그러는 것이라고 했다.

'그래서 입을 뻐끔거리고 숨을 쉰 거였구나. 선반에 윗니를 걸친 것도 잘 때 호흡이 힘들어서였구나….'

그런 생각을 하니 그동안 그런 행동을 한 몽이가 너무 안쓰러웠다. 그것도 모르고 귀엽다고 호들갑을 떨었으니….

또 수술을 해야 했다. 의사는 코 밑 주름으로 눈물이 고여서 피부가 썩거나 짓무를 수 있다면서 같이 수술하기를 권했다. 얼마 전에 온 조폭 두목의 개가 페키니즈인데 눈물이 흘러 눈주름 있는 데가 썩어 가는 걸 봤다고 원장 부인이 거들었다. 풍뎅은 그 의사쌤을 철석같이 믿고 있었기 때문에 마음은 아프지만 꼭 해야만 하는 거라고 생각을 했고, 몽이는 영문도 모른 채 또 수술에 들어가서 아파하며 나왔다.

코 주름 때문에 문제가 생긴 것도 아닌데 그걸 몽이 좋은 일이라고 하니 덮어놓고 시킨 게 너무 미안하고 후회가 된다. 좋은 의사쌤이었다면 저렇게 쓸데없는 수술을 권했을까?

몽이가 회복한 뒤 몽이의 퇴원 축하 겸 첫 생일파티를 애견카페에서 해주기로 했다. 몽이이모의 강아지 멍이도 같이 갔다. 이때가 음식을 먹을 수 있는 멍이를 마지막으로 본 거였는데, 잘해 주지 못하고 이기적으로 자기 새끼만 감쌌던 게 풍뎅은 뒤돌아 생각하니 너무 미안했다.

2. 가슴에 묻은 기억,
   몽 이모의 이야기

멍이의 이야기를 할라치면 풍뎅은 늘 미안하고 눈물부터 난다. 20년 전에는 지금처럼 동물 복지 같은 게 이슈화되기 전이었다. 풍뎅의 부모님은 개를 싫어하지는 않으셨지만 반려동물이라기보다는 개는 그저 마당에서 키우는 '바둑이'라 생각하셨다. 풍뎅 역시 무지했다. 개가 의사 표현을 한다는 걸, 인간과 똑같은 감정이 있는 동물이라는 생각조차 하지 못했다.

개를 무척 좋아했던 몽이이모는 당시 프랑스에서 음악을 공부하던 유학생이었다.

외롭기만 한 유학 시절, 몽이이모에게서 전화가 왔다.

"언니, 나 개 키우고 싶어."

"왜? 어떻게 감당하려고?"

"너무 외로워. 누군가가 날 기다리고 그랬으면 좋겠어."

"엄마를 어떻게 설득하려고?"

"어제도 가서 봤거든? 봐둔 애가 있는데 데리고 올까 봐."

하긴 낯선 나라에서 얼마나 외로울까? 하지만 엄마는 옛날 어른답게 '동물과 너무 가까우면 외로워진다'는 생각을 고정화해 놓으셨기 때문에 반대하실 게 뻔했다.

프랑스는 어린 강아지가 아니라도 무척 비싸다. 유학생의 돈으로는 새끼 강아지를 입양할 수 없었고, 그래서 2년 된 강아지를 1998년경에 70만 원에 분양받는다고 했다. 그때 당시 물가로 보면 무척 비싼 것이었다. 더더군다나 유학생에게는.
풍뎅도 신중히 생각했고 결론을 내렸다

"데리고 와. 언니가 책임질게. 엄마한텐 비밀로 하고."
"응. 나도 그러려고 했어."

바로 다음 날 몽이이모는 2년 된 암놈 요크셔테리어를 데리고 왔다. 이름을 '꼬마'라 짓고 사랑을 주며 행복해했다. 풍뎅도 본인이 분양시켜 준 건 아니었지만 뿌듯했다.

엄마… 저 집에 누가 있어요

그러던 어느 날, 엄마가 파리로 가신다고 하셨다. 막내인데 너무 신경을 안 쓰는 게 마음 쓰여 안 되겠다면서 실기 시험 보는 동안 밥이라도 해준다고 짐을 챙기셨다.

'큰일이다. 어쩌지? 유학생 주제에 70만 원이나 주고, 그것도 개를 데리고 왔다는 걸 아시면 난리가 날 텐데.'

몽이이모와 아무리 머리를 짜내 봐도 묘안이 떠오르지 않았다.
'에라 모르겠다. 피할 수 없으면 즐겨야지!'

엄마와 몽이이모는 프랑스 드골 공항에서 만났다. 엄마를 만난 몽이이모는 오랜만에 이국땅에서 엄마를 만났지만 반가운 마음보다 강아지에 대한 이야기를 하는 게 더 걱정이었다. 그러니 낯빛이 어두울밖에….

집으로 가까이 갈수록 마음은 더 무거워져 갔다. 가난한 유학생이 허락도 받지 않고 마음대로 강아지를 데려온 것이 못내 죄송했고, '동물과 너무 가까우면 외롭다'는 속설을 꼭 믿고 계신 엄마께 그 말을 꺼낸다는 게 어떤 후폭풍을 불러올지 상상조차 가지 않았기 때문에 입을 꼭 다물고 '누가 맡긴 거라 할까' '길에 있는 애를 데리고 왔다고 할까' 등등 온갖 핑계를 머릿속에 조합하고 있었다.

그러다가 '에라! 기왕 이렇게 된 거 미리 여기서 솔직하게 말해 버리자! 택시 안이니 큰 소리 치진 못하시겠지'라는 결론에 도달했다.

"엄마!"

몽이이모는 어렵게 말문을 열었다. 애써 밝은 척은 하지만 뭔가 걱정이 있는 것 같던 딸의 얼굴이 신경 쓰이던 엄마는 얼른 "왜?" 하고 대답했다.

몽이이모는 엄마를 두어 번 부른 끝에 눈을 질끈 감고 말해 버렸다.

"사실, 저 혼자 살고 있는 거 아니에요."

엄마의 얼굴이 하얘졌다. 공항에서부터 뭔가 할 말이 있어 보이는 딸을 보며 '무슨 일이 있었나' '아픈 건가' '시험이 다가와서 그러나' '내가 온 게 불편한가' 등등 머릿속이 복잡해져서 '시험 때문에 예민해서 그러려니'로 치부해 버리고 생각을 덜어내고 있는 차였던 엄마는 상상하지도 못할 딸의 말에 할 말을 잃었다.

엄마의 그런 얼굴을 보며 몽이이모도 뭐라고 말을 꺼내지 못하고 있었다. 잠시 후 침묵을 깨고 엄마가 천천히 입을 열었다.

"여자…지?"

몽이이모는 더 당황했다. 엄마의 생각이 그쪽으로 가고 있었을 줄이야. 그렇지만 오히려 더 엄청난 일을 상상하며 얼굴이 굳어진 엄마께 말을 꺼내긴 쉬워졌다.

"갠데요?"

"뭐?"

"엄만 도대체 뭘 상상하는 거예요?"

민망해진 엄마는 "에라이 망할 년아"를 내뱉었고, 엄마의 무한한 상상력 덕에 면죄부를 받을 수 있었다.

몽이이모가 키웠던 요크셔는 '파리지엔느'라서 오직 불어만 알아듣던, 얌전한 아이였다. 하지만 이 아이와의 인연은 다음 해 여름 끝나 버렸다. 긴 여름방학에 몽이이모는 그 아이를 한국으로 데려왔다. 낯선 검역소에서 열흘을 보내고(그 당시엔 무조건 검역소에서 열흘을 보내고 데리고 와야만 했다) 집으로 데리고 온 지 3일 만에 잠깐 열린 문으로 쏜살같이 나가 버렸다.

자기가 태어나고 자란 나라와 너무 달라 낯설어서 그런 건지, 질주 본능이 있었는지 열린 문틈으로 잽싸게 튀어 나가 버렸다. 엄마는 바로 쫓아 나갔었다고 한다. 12층이나 되는 계단을 어찌 내려간 건지, 경비 아저씨도 못 봤다 하시고 같은 동의 누구 하나 그 아이를 못 봤다고 했다. 며칠을 동네를 애가 타게 찾아다녀도 보이지 않았다.

꼬마를 잃어버리고 말았다. 몽이이모는 몇 날 며칠을 울면서 찾아다녔다. 엄마는 자신의 부주의로 울고 있는 딸에게 너무너무 미안해하시며 자책하셨다. 딸이 또 외로운 유학 생활로 들어가는 게 못내 맘에 걸리셨는지 요크셔 아가 한 마리를 분양받아 오셨다.

<사진 5> 강지

강아지의 줄임말이기도 하고 엄마가 강씨라는 이유로 '강지'라는 이름도 지어 놓으셨다. 순하고 예쁜 아가였다. 강지는 집에서 사랑을 한몸에 받다가 몽이이모와 같이 유학길에 올랐다.

작은 강아지라 검역만 마치고 같이 비행기에 오를 수 있었다. 몽이이모는 멀리 있는 가족보다 더 사랑을 나누며 행복한 시간을 보낼 수 있었다. 그러던 어느 날, 새벽에 몽이이모에게서 전화가 왔다.

"너, 왜 그래? 울어? 무슨 일이야?"

"언니! 난, 살인자야. 아니, 난 살견자야."

"뭔 소리야. 강지 무슨 일 있어?"

"으흐흑…."

말을 잇지 못하고 울기만 했다. 아침에 날이 너무 춥고 느낌이 안 좋았다고 한다. 자꾸 강지가 죽는 게 연상이 됐다. 불안한 마음으로 강지를 보니 떨고 있었다. 아무래도 안 되겠다 싶어 불안감도 떨칠 겸 맥도날드에 가서 따뜻한 음료라도 먹이려고(그때는 강아지가 먹으면 안 되는 음식 같은 지침도 없는 시절이고, 강아지도 사료보다는 인간이 먹는 밥을 나눠 먹던 시절이라) 강지를 이동가방에 넣어 맥도날드 안에 들어가 줄을 섰는데, 자기 앞에서 코코아가 품절됐단다. 그래서 동전을 더 꺼내 다른 음료를 주문하려는 순간, 강지가 강아지 가방에서 버둥거리며 떨어져 버렸다. 보통의 강아지들은 몸을 비틀며 떨어진다고 하는데 강지는 그대로 추락해서 머리를 바닥에 박아 그야말로 뇌진탕으로 즉사를 한 것이었다.

아침의 불안감이 그대로 현실이 되는 순간, 울면서 강지를 안고 있는 것 외에는 아무것도 해줄 수 없었다고 했다.

눈앞에서 그토록 사랑하는 아가가 자신의 부주의로 떠나가는 걸 볼 수밖에 없었다. 몽이이모는 자신이 죽게 했다는 충격으로 몹시 힘들어했다.

이후 엄마는 "더 이상 개는 안 된다. 어디서 점을 봤더니 엄마가 호랑이띠라 집에 오는 개는 다 죽거나 아프다는 말을 들었다"라며 앞으로 '우리 집에 개는 금지'라는 명령을 내렸다.

하지만 그다음 해 여름, 그런 엄마를 또 설득해서 동생은 또 요크셔 한 놈을 입양해 왔고 같이 유학길에 올랐다. 사슴을 닮았던 예쁜 눈의 아가 역시 6개월을 못 넘기고 홍역으로 별이 됐다.

가뜩이나 먼 나라에 혼자 보내 놓고 마음이 안 좋은데 강아지 때문에 아파하며 우는 딸의 모습이 엄마에겐 더 힘들었다. 이 꼴을 더 이상은 되풀이할 수 없다고 결론을 내린 엄마는 "이제 집에 개를 데려오면 쫓아낼 테니 알아서 해"라고 화를 내기에 이르렀다. 몽이이모도 애견숍이나 동물병원 앞에서 하염없이 강아지를 보기만 할 뿐 더는 엄두를 내지 못했다.

멍이를 만나다

그다음 해 퐁뎅은 여름방학이라 한국에 나와 있던 몽이이모에게서 전화를 받았다. 개랑 같이 있다면서 자기를 데리러 올 수 없냐는 거다.

"또 ?"

또 어디선가 입양해 왔냐고 물었더니, 그게 아니라 길에서 헤매는 아이를 주인 찾아주려다 못 찾고 데리고 있게 됐다고 했다. 흔히 하는 표현으로 '개줍'(길에서 개를 줍는다는 은어)이다. 유기견 시추 멍이와 몽이이모의 인연은 이렇게 시작됐다.

친구 차를 타고 서울 서초동의 어느 호텔 앞 대로를 지나가고 있는데, 차들이 요상하게 가길래 밖을 봤더니, 강아지 한 마리가 차도에서 어쩔 줄 모르고 서 있더라는 것. 그래서 다급히 친구에게 차를 세우라 하고는 강아지에게 '이리 오라' 하니까 뛰어와서 품에 안기더란다.

샴푸 냄새가 나는 것으로 봐서 집을 잃은 지 얼마 안 되는 강아지 같아 그 근처를 돌아다니며 어느 집 강아지인지 찾아주려 했단다. 그 동네 사람 몇 분이 "아침부터 강아지가 혼자 돌아다니더라"라고 얘기하시면서 "간혹 키우기 싫어지면 그렇게 누가 데려갈 수 있게 깨끗이 목욕을 시켜서 버리는 인간도 있다"는 말을 하더란다. 그래서 데리고 왔다고 했다.

정말이라면 참 몹쓸 인간이다. 자기는 싫어서 버리면서 누구라도 데려가라고 목욕시키는 것을 마지막 자비라 생각하는 건지.

강아지는 제법 덩치도 컸고, 풍뎅이 봐 온 강아지와 생김새가 사뭇 달랐다. 풍뎅의 생각에 적어도 개라면 주둥이가 튀어나와야 정석이었다. 근데 그날 본 그 강아지는 코도 주둥이도 눌려 안으로 들어간 듯했다.

그때만 해도 시추가 그리 흔하지 않을 때였다. 옆에서 보면 평면이고, 눈은 얼굴의 3분의 1이나 되고, 얼굴은 넓적한 게 '뭐 저렇게 생긴 개가 있나' 싶었다. 차에 오른 몽이이모에게 "뭔 개가 그렇게 생겼니?"라고 묻지 않을 수가 없었다.

자칭 '개 엄마'인 몽이이모는 "시추라는 중국 개야"라고 말해줬다. 정면에서 봐도 희한하고 측면에서 보면 더 이상했다.

엄마가 '더 이상 이 집에 개는 안 된다'고 못 박았기 때문에 다음 날 친구에게 보내기로 약속했으니 딱 하루만 재우겠다고 사정해 보자고 하고 데리고 들어갔다. 역시 예상은 빗나가지 않았다. 엄마는 노발대발했다. "친구가 내일 데리고 간다. 하루만 재우겠다"라고 사정을 해서 겨우 허락을 받았다. 하지만 하루만 재우겠다는 몽이이모는 이미 이름까지 지어 부르고 있었다.

'멍멍이'의 '멍'이기도 하면서, 눈이 크고 축 처진 게 멍~~해 보여서 '멍이'라고 붙였단다. 풍뎅과 몽이이모는 엄마의 비위를 맞추며 하루를 같이 지냈다.

다음 날 멍이를 쳐다보던 몽이이모는 멍이 눈이 이상한 걸 느꼈다. 풍뎅이 자세히 보니 정말 눈이 좀 이상했다.

"개는 집을 나갈 때 그 집의 우환을 갖고 나간댄다. 그러니 그걸 우리집에 갖고 왔으면 어떻게 하니?"며 반가워하지 않으시던 엄마도 "남에게 보낼 때 보내더라도 병원 가서 치료는 해주고 보내라"고 하셨다. 두 자매는 엄마의 그 말에 치료를 평계로 시간을 끌면 정이 들어 멍이와 같이 살 수 있을지도 모른다는 일말의 가능성을 기대하면서 병원에 데리고 갔다.

'각막궤양'이었다. 아마 이런 증세가 보이자 치료비가 아까웠던 주인이 멍이를 밖으로 내보낸 게 아닌가 싶었다. 샴푸까지 깨끗이 해서….

'미친 인간…' 욕이 나왔다. 처음 본 우리도 치료를 해주려고 하는데….

그 당시의 의술로는 수술밖에 방법이 없어서 수술을 하고 눈꺼풀을 살짝 꿰맸다. 치료가 끝날 때까지는 일주일이나 걸린다고 했다. 풍뎅과 몽이이모는 쾌재를 불렀다. 일단 치료를 허락받았으니 일주일은 벌어놓은 셈이기 때문이다.

멍이는 엄하게 훈련을 받았는지 방 안에 들어오질 못했다. 늘 마루에 앉아 있다가 들어오라고 하면 들어가도 되느냐는 표정으로 한동안 쳐다보고는 조심스럽게 천천히 발을 떼곤 했다.

또 벌을 받을 때 앞다리를 들고 미어캣처럼 뒷다리만으로 앉아서 벌을 받았었는지 자기가 잘못했다 싶으면 두 앞다리를 들고 어정쩡하게 서 있곤 했다. 그들은 스스로 표현하는 강아지를 처음 봤기 때문에 신기하기만 했다.

그때만 해도 개가 사람과 공감한다는 생각 자체를, 개가 '생각을 갖고 있다는 것'을 알지 못할 때라 멍이의 그런 행동이 '다른 개와 다른 특이한 강아지이기 때문'이라고 생각됐고, 그래서 멍이는 더욱 특별한 강아지가 됐다.

눈 치료가 끝났다. 하지만 그간 정은 더 들어 버렸다. 멍이의 눈 치료가 끝나면 어디론가 보내기로 약속했다는 걸 기억하고 있었기 때문에 하루하루 엄마의 눈치를 보면서 지냈다. 당장 누군가에게 데려다주라고 할까 봐 조마조마하며 엄마와 어떻게든 친하게 만들어 보려고 애썼다.

몽이이모는 방학이 끝나 다시 프랑스로 들어갔다. 퐁뎅은 엄마에게 들들 볶이기 시작했다. 당시의 퐁뎅은 결혼 생각이 없었다. '적당히 벌어서 여행 다니고 인생을 즐길 수 있는데 뭐하러 결혼이라는 제도에서 구속받고 힘들어야 하나'라는 생각으로 꽉 차 있었기 때문이다.

부모님은 한 살이라도 젊고 예쁠 때 '좋은 곳'으로 시집보내는 게 일생의 과업이신 분들이었다. 대립은 불가피한 상황이었다. 선볼 때 한 시간씩 늦게, 희한한 옷 입고 나가기 등등 소심하게 반항하는 퐁뎅에게 엄마는 하루 3건의 선을 잡아 놓고는 차로 실어나르셨다.

잘난 남자는 잘나서 얄밉고 못난 남자는 못나서 싫고, 이런저런 트집만 잡으면서 한 번 본 사람은 두 번 다시 안 만나겠다고 했다. 점점 갈등은 심해졌다.

퐁뎅은 일을 끝내고 집으로 갔다가도 마루의 불이 켜져 있으면 다시 차를 휙 몰고 어디든 밤길을 달리면서 실컷 노래를 듣다가 마루 불이 꺼진 것을 확인하고서야 집에 들어갔다. 어쩌다 일찍 들어가면 들어가자마자 "멍아 들어가자" 하고는 방에 들어가 씻으러 나오는 일 외에는 마루에도 잘 안 나갔다.

그런 일이 반복되자 엄마는 "개하고 친하면 인간이 외로워진다는 옛말이 있다"는 말을 또 꺼내시며 "다른 데로 보내든지 다시 길로 내보내겠다"라고 협박하기 시작하셨다.

이렇게 식구가 됐는데 다른 데 보낼 수도, 길가로 내몰 수도 없었기 때문에 몽이를 프랑스에 있는 몽이이모에게 보낼 수 있는 모든 방법을 찾기 시작했다. 항공사에 전화하고 모든 여행사에도 전화를 했다. 항공사 한 곳에서 수화물처럼 보내줄 수 있다고 했다.

내심 불안하긴 했지만 일하러 나가서 집에 없을 때 엄마에 의해 누군가에게 보내지는 것보다 위험을 무릅쓰고라도 멍이를 사랑하는 몽이이모에게 보내는 게 낫다고 생각했다.

'파리지앵'이 된 멍이

그해 초겨울, 모든 검역을 마치고 케이지에 넣은 멍이를 김포공항 근처의 비행기 화물 수송 서비스 회사로 데리고 갔다.

추웠다.

"얘 언제 출발해요?"

"내일요."

"그럼 오늘은 여기 있어요?"

"네."

"퇴근하고 다 나가시죠?"

"네"

"추운데…."

"아침에 일찍들 나오니까 걱정하지 마세요."

할 수 없이 멍이를 놓고 인사하고 그곳을 나왔다. 멍이 얼굴이 생각나 눈물이 났다.

한참을 가다가 도저히 안 되겠다 싶어 다시 차를 돌렸다.

"도저히 여기 혼자 못 두겠어요. 낼 아침 일찍 다시 데리고 올게요."

불 꺼진 회사에서 낯설고 춥고 무서울 텐데, 또 영문도 모른 채 간힌 상태에서 혼자 비행기를 12시간이 넘게 타고 가야 할 텐데…. 도저히 두고 올 수 없었다. 몽이이모를 만날 때까지는 15시간 이상 간혀 있어야 한다. 오늘은 집에서 재우고 내일 새벽에 다시 데리고 오는 게 낫겠다 싶었다.

친구네 집에 보낸다 하고 데리고 나온 강아지를 다시 안고 들어간 풍뎅에게 엄마는 "왜 다시 데리고 왔냐?"고 물으셨다.

사정이 생겨서 하루만 더 데리고 있겠다고 하고, 멍이와 같이 뜬눈으로 밤을 보냈다. 이튿날 멍이를 다시 데려다주고 나서 그때부터 몽이이모한테 만났다는 전화가 올 때까지 아무것도 하지 못했다.

얼마나 추웠을까, 얼마나 무서웠을까, 또 버려진다 생각하지 않았을까. 하루종일 그 생각만 머릿속에 가득했었다.

파리의 공항에서 눈물의 상봉을 했다는 얘기를 전해 듣고야 겨우 안심이 되고 맥이 풀렸다. 멍이는 이때부터 '파리지앵'이 됐다. 물론 엄마한테는 비밀로 했기 때문에 그때부터 3년 정도는 모르셨다.

기쁨과 슬픔을 나누고, 힘들어 울면 와서 눈물을 핥아주던 아이. 시추라는 종의 특징이라는 '주인의 마음을 잘 읽고 빠르게 반응하는 능력'이 특히 뛰어났던 멍이었다. 풍뎅은 일 년에 한 번씩 파리를 갔었다. 멍이와 함께 많은 곳을 다녔다.

멍이는 오로지 먹는 것에만 관심이 있었다. 오래 걷는 건 싫어했다. 산책을 하다가 걷기 싫어지면 일단 다리를 마구 전다. 아주 불쌍하게. 그래도 걷게 하면 '툭' 쓰러져서는 아무리 줄을 당겨도 안 온다. 당기면 눈을 질끈 감고 물건 매달린 것처럼 끌려온다. 그러면 배가 쓸릴까 봐 저런한 육두문자를 내뱉으면서 안고 다녀야 했다.

너무 더운 여름날 에펠탑을 올라가려고 했을 때의 일이다. 그날도 어김없이 멍이는 나 몰라라 길바닥에 대자로 뻗어 버렸다. 풍뎅은

<사진 6> 멍이와 함께한 남프랑스 여행

<사진 7> 파리의 벼룩시장 입구

'그분'을 안고 그 더운 날, 에펠탑을 오를 수밖에 없었다. 그날 밤 팔에 땀띠가 나서 가렵고 따가워 잠도 못 잤다.

그야말로 '개새끼'다.

식신 빙의 멍이

1997년 늦가을, 무작정 남프랑스 시골 마을들을 돌아다니는 여행을 하기로 했다. 풍뎅 자매는 멍이와 함께 차를 빌려 길을 떠났다. 갈 도시만 정해 두고 돌아다니다가 마음에 드는 곳에 호텔을 잡아서 자기로 했던 무계획적인 여행이었다.

프랑스에는 강아지를 데리고 들어갈 수 있는 호텔이 꽤 많았다. 마음에 드는 호텔에 차를 세우고 강아지를 동반할 수 있는지를 묻고 차에 다시 탔는데, 어디선가 "아닥! 아닥!" 소리가 났다.

불안한 마음에 뒤를 획 돌아봤는데 멍이 눔이 어떻게 열었는지 리콜라(민트, 허브 맛이 강한 사탕) 한 통을 죄다 까서 씹고 있었다. 호텔에 들어가자마자 물을 달라고 했다. 한 그릇을 다 먹고 나더니 또 달란다. 한 통을 다 먹었으니 속이 화하고 이상했을 것이다. 그러더니 새벽에 어쩔 줄 모르고 계속 왔다 갔다 했다.

"야! 얼른 자! 왜 이래?"

"끄~ㅇㅇㅇㅇㅇ."

잠시 후

"픽! 푸지~ㄱ"함과 동시에 요상한 냄새가 났다.

OH! MY GOD~~~!!!!

그 새벽에 깨서 멍이의 설x를 치우느라 별짓을 다 했다.

'새끼!!!!!! 카펫에다가 물x을 싸다니!!!'

하지만 아까 왔다 갔다 했던 게 화장실을 찾았던 거였는데, 이를 몰랐던 그들이 바보였다. 본인은, 아니 본견은 급해서 화장실을 찾고 있었던 건데… 얼마나 배가 아팠을까.

최대한 치웠다. 창을 열고 환기시키고 닦고 또 닦고 향수를 뿌렸다. 그래도 희미하게 자국이 남았다. 지배인이 부르거나 방에 가서 체크해 볼까 봐 조마조마하며 그들은 야반도주하다 싶게 호텔을 빠져나왔다.

이렇듯 멍이의 먹는 얘기는 타의 추종을 불허한다. 이런 일도 있었다. 파리의 몽이이모 집에 있는 TV대가 그리 높지도 낮지도 않았는데, 자려고 누워서 보니까 귤이 하나 있는 거다.

"귤 치울까?"

"에이 설마. 아무리 멍이지만 저걸 먹겠어?"

"그렇겠지?"

아침에 깨 보니 귤이 없어졌다.

"저 식신 자식, 굴 껍질까지 다 먹어치웠나 봐."

그런데 그 며칠 뒤 멍이 집을 청소하면서 깔고 있던 방석을 들었는데 거기에 굴 껍질만 외로이 잘 말려진 채 있었다.

'어떻게 저렇게 깨끗이 잘 까먹었을까?'

시간이 지난 지금도 그걸 생각하면 미스터리다. 또 이런 일도 있었다. 강아지가 절대 먹으면 안 되는 오징어를 선반에(절대 멍이가 닿지 않는 높이에) 두고 나갔다 왔더니 오징어 두 마리가 없어졌더란다.

원래 강아지에게 오징어는 절대 먹으면 안 되는 금기식품이란 것 정도는 알고 있었기 때문에 너무너무 걱정했는데 하루 설x를 하고는 멀쩡했고, 집에서 보내준 김치를 몰래 파먹고는 입이 시뻘게져서 몽이이모를 맞이하는가 하면 누군가에게 주려고 고춧가루를 비닐에 담아 놓고는 '설마, 설마, 저건 안 먹겠지' 하고 나갔다 왔더니 그것 역시 잔뜩 파먹고 이틀이나 빨간 x을 누고 멀쩡해지더라는 얘기 등등 먹을 것에 대한 기인 열전, 아니 기견 열전은 밤새 이야기해도 모자랄 만큼 많은 멍이였다.

그렇게 몽이이모와 동고동락을 하던 멍이는 4년의 프랑스 생활을 마치고 한국에 돌아오게 됐다. 엄마는 "거기서 잘 키울 사람이 있으면 보내고 오라"고 하셨지만, 그리고 시추가 흔치 않은 프랑스에서는 달라고 하는 사람도 많았지만, 외로운 시절을 의지했던 멍이를 낯선 곳에 두고 올 수는 없었다.

집에서 받을 구박을 각오하며 둘은 같이 귀국했다. 그러나 멍이는 한국에서 그다지 환영받지는 못했다. 그때 오빠네 식구가 자주 와 있었는데, 그중 강아지 알레르기가 심한 사람이 있었다. 엄마의 잔소리는 늘어만 갔다. 마침 친척 중에 멍이를 키우겠다고 달라는 사람이 있어 엄마는 멍이를 보내려고 생각하고 있었다.

멍이가 차에 치이다니

보내지 말라는 뜻이었는지, 그때 큰일이 일어났다. 멍이를 산책시키기 위해 데리고 나갔던 풍뎅의 부주의로 차에 치이는 사고가 발생한 것이었다. 순식간에 차가 그 아이를 쳤다. 운전자는 옆의 동승자와 얘기를 하다가 오지 말라는 풍뎅의 손짓을 못 봤다고 했다.

멍이 위에 차 바퀴가 있었다. 소리를 지르며 차를 치우라고 했다. 차가 앞으로 피하자 멍이가 외마디 소리를 낸 뒤 미동도 하지 않았다.

'대체 무슨 일이 일어난 거지?'

사람들이 모여들었다. 풍뎅은 무서워서 멍이를 만지지도 못하고 가까이도 못 가고 비명을 지르고 울고만 있었다.

'내 잘못이다. 목줄을 매고 나올걸.'

당시는 목줄을 매고 다니는 사람이 많지 않았던 때였다. 그리고 늘 주위에만 있는 멍이였기 때문에 목줄이 별로 필요 없다고 생각했다. 그게 실수였다. 발을 동동 구르며 미친 여자처럼 소리를 지르고 울고 있는데, 동네 아저씨가 "개 주인이 안아야지. 그냥 둘 거야?" 하고 소리를 쳤다.

하지만 풍뎅은 한동안 너무 겁이 나서 그냥 서 있었다. 만질 엄두가 나지 않았다. 그때 멍이가 고개를 들더니 한쪽 눈이 약간 튀어나오고 귀털이 마구 헝클어진 채로 움직이지 않는 다리를 끌면서 다가오려고 애쓰고 있었다.

이런 일이 왜 자기한테 일어났는지, 너무 놀란 얼굴이었다. 얼마나 놀라고 아팠을까.

멍이를 살려야 한다

놀란 몽이이모는 강의도 휴강해 버리고 달려왔다. 병원에서는 멍이의 간수치가 높아서 떨어질 때까지 처치를 할 수 없다고 했다. 이틀 동안 멍이는 간수치가 내려갈 때까지 사고 난 그 상태로 고통을 참고 있어야 했다.

결혼을 두 달 앞두고 있던 풍뎅은 그런 짓을 저지르고도 멍이에게 신경을 못 쓰고 있었다. 몽이이모는 매일 그 병원을 찾아가서 멍이 옆에 있었다. 이틀 뒤에서야 시간을 낸 풍뎅이 찾아가자 멍이는 그 움직이지 않는 다리를 겨우 움직이며 돌아앉아 눈도 마주치지 않았다. 섭섭하고 속상했나 보다. 풍뎅은 지금도 멍이를 생각하면 미안하고 미안하고 또 미안하기만 하다.

사고를 낸 사람은 풍뎅보다 나이가 조금 어린 여자였다. 처음에는 "얘기하느라 보지 못했다"면서 미안하다고 하던 운전자는 하루가 지나자 말을 바꿨다. 잘못이 없다고, 오히려 자기가 더 놀라서 보상을 받을 지경이라고 목소리를 높이기 시작했다.

풍뎅은 속상한 데다가 억울해서 경찰서에 갔다. "수술비가 이만큼 나올 것 같은데, 어떻게 보상을 받아야 하느냐"라고 물었다. 그러나 경찰의 반응은 더 가관이었다.

"수술비가 얼마요? 나 참! 그 돈 주고 개를 왜 수술시켜요? 하나 새로 사지."

기가 막혔다.

"보상을 받든 못 받든 같이 살던 강아지가 다쳤으면 돈이 들어도 수술을 해주는 게 사람다운 행동 아닌가요?"

화를 내면서 나와 버렸다. 하지만 다 풍뎅의 잘못이었다….

멍이는 의사 선생님의 지극한 보살핌과 6시간의 대수술 끝에 살아났다. 등의 고름을 짜내거나 상처에 붕대를 감거나 하는 힘든 처치를 견디면서도 외마디 비명 한 번 지르지 않던 착한 멍이. 그날 이후 수술과 아픈 기억의 후유증으로 멍이는 계속 가래를 뱉어내는 듯 기침을 하기 시작했다.

멍이의 기적, 하지만…

멍이를 걷게 한다고 욕조에 물을 받아놓고 다리 훈련을 시키고 마사지를 해주던 몽이이모의 멍이에 대한 사랑은 참 극진했다. 멍이는 몽이이모와 의사 선생님의 정성으로 다시 걸을 수 있었다. 기적같이…. 처음에는 무서워서 다리를 안 쓰고 욕조 물을 마구 먹어 버리던 멍이가 다시 걸었다.

하지만 풍뎅은 멍이에게 잘해 주지 못했다. 지금의 풍뎅이라면 당장 집에 데려와서 간호해 주고 맛있는 것만 해 먹였겠지만, 그때의 풍뎅은 그러질 못했다. 몽이를 데리고 온 후에도 자기 새끼인 몽이만 예뻐하고 멍이는 동생네 강아지라는 생각으로, 그야말로 이기심으로 똘똘 뭉쳐서 챙겨주지 못했다. 아니, 챙겨주지 않았다는 표현이 더 맞을지 모른다.

정말 나빴다.

몽이이모도 멍이도 많이 섭섭했을 거라는 걸 나중에서야 알았다.

힘들게 마지막 2년을 살다 간 착한 멍이. 몽이이모의 품에 안겨서 편히 자는 얼굴로 멍이는 그렇게 하늘나라로 갔다.

그 전날 멍이는 병원 원장님 꿈에 나와 꼬리를 흔들고 멀리 갔다고 했다. 강아지의 마지막 인사는 그렇다고들 한다. 꿈에 나와 꼬리를 흔들고 어디론가 간단다. 잘 갔으니 안심하라는, 착했던 멍이다운 마무리였다.

　화장하고 온 날, 멍이는 무지개다리를 건너면서 몽이이모의 꿈에도 나왔다. 흰색 캡 모자를 쓴 사람의 어깨 위에, 보낼 때 입혔던 그 옷 그대로 너무나 당당하게 앉아서 꼬리를 마구 흔들더니 멀리멀리 가더란다. 그 모습이 참 건방져 보이고 편해 보였다는 몽이이모의 말….

　멍이는 멍이답게 끝까지 자기 주인을 안심시키고 갔다. 아마 춘심이의 그림도 이런 맥락이 아니었을까 한다.

3. 다시 몽이의 이야기로

　탈 많았던 신혼 초, 그동안의 갈등이 표면화됐고 풍뎅에게는 가출을 결심할 사건이 생겼다. 크게 싸운 후 풍뎅은 '전부 다 그대로 있고 식구만 빠져나간 그 공허함을 한번 느껴 봐라'는 생각이 들었다. 절대 두고 갈 수 없는 자식인 몽이를 들쳐업고 부산으로 달렸다. 일단 서울에서 가장 먼 곳으로….

　밤바다를 보니 만감이 교차했다. 결혼이라는 거, 사실 우리나라에선 여자보다 남자에게 더 편한 제도다. 그런 생각을 하며 1년 남짓했던 결혼생활을 접을 결심을 하고 있었는데, 아무리 자라고 해도 몽이는 침대 끝에서 아빠를 기다리고 있었다.

　　"몽아, 몽아, 이리 와서 자."

　풍뎅의 말을 못 들은 척 뒤도 돌아보지 않던 몽이가 "아빠, 기다려?"라는 말에 꼬리를 흔들며 풍뎅을 한 번 보고는 문을 바라봤다. 나름 책임감이 오지랖과 같은 사이즈였던 풍뎅에게 몽이의 행동은 당황스럽고 마음이 아픈 일이었고 미안할 일이었다. 몽이는 풍뎅과 돌프를 가족으로 강하게 묶는 밧줄이었다.

다음 날, 몽이에게 미안해진 풍뎅은 친구라도 만나게 해주려고 달 맞이고개에 있는 애견카페에 몽이를 데리고 갔다. 예쁜 강아지들이 호기심을 느끼고 다가왔지만 몽이는 침울해 있었다. 차에 오르자 몽이가 운전석에 앉은 풍뎅의 무릎을 딛고 서서 운전대에 앞발을 댔다. 마치 집에 가자고 재촉하는 듯 보였다.

'안되겠다. 아빠가 그리운가 보다'라는 생각이 들었다. 풍뎅은 서울로 향했다. 그 이후 여러 번의 싸움과 조정, 그 안에서 몽이는 중재를 시작했다. 누구라도 큰 소리를 내면 큰 소리를 내는 사람에게 있는 힘 껏 짖어서 싸움을 막았다. 하도 난리를 치며 짖어대니 온전히 싸움을 끌어갈 수가 없었다. 결국 몽이에게 져서 풍뎅과 돌프는 노력하면서 살기로 결론을 내렸다. 이후에도 몽이는 풍뎅과 돌프 사이를 단단하게 맺어 주는 끈으로서의 역할을 톡톡히 했음은 두말할 필요도 없다.

몽이와 애견 펜션 여행과 덕적도, 기다리는 개들…

세 식구는 아침 배를 타고 덕적도로 향했다. 비수기였던 덕적도 바다는 아무도 없었다. 오로지 셋만 존재하는 것 같던 무인도 느낌의 바닷가. 사람도, 차도, 위험요소는 아무것도 없어 보여 몽이의 줄을 풀어 줬다. 그게 화근이었다. 잡힐 듯 잡힐 듯 마구 달리는 몽이. 그런 몽이를 잃어버릴까 봐 가슴이 조마조마했다. 풍뎅은 며칠 전 도로에서 봤던 일이 스쳐 지나갔다. 올림픽 대로를 가던 두 대의 차가 접촉 사고를 냈다. 앞차의 운전자가 확인 차 내리던 그 순간 동승 했던 하얀 강아지가 열린 문으로 튀어나왔다. 주인이 놀라 쫓아갔지만, 놀이를 하는 걸로 아는지 강아지는 주행과 반대방향으로 달려가기만 했다. 애타게 강아지를 부르던 주인의 모습. 어느 누구도 주행 중이라 차를 세울 수도 도울 수도 없었다. 멀리멀리 달려가기만 하던 그 흰 강아지와 몽이가 오버랩됐다. 풍뎅은 속이 타들어 갔다. 목이 터져라 몽이를 불렀다. 주인이 같이 뛰면서 따라가면 강아지들은 놀이하는 줄 알고 멀리 더 달린다고 해서 더 따라가지도 못하고 발만 동동 굴렀다. 한참을 뛰어가던 몽이가 풍뎅의 목소리를 듣고 돌아봤다. 내달리던 몽이를 겨우 잡아서 품에 꼭 안았다. 품에 안고도 한동안 심장이 두근두근했다. 조금 진정하고 드라이브를 하는데, 선착장 근처에 강아지들이 있었다. 배가 올 때면 그 앞으로 다가가거나 꼬리를 흔드는 개들. 적어도 5~6마리는 돼 보이는 지저분한 몰골의 개들이 배가 들어올 때마다 하염없이 배를 바라보며 분주히 왔다 갔다 하고 있었다.

그땐 그냥 섬에 살고 있는 개들인데 시골이다 보니 방치해서 키우는 것이라고 생각해서 '왜 저렇게 풀어서 키우나' 했었다. 나중에 생각하니 아마도 양심 없는 견주들이 예쁘고 어릴 때 키우다가 아프거나 키우기 싫어진 여러 이유를 들어 찾아올 수도 없는 낯선 섬에 버리고 간 아이들인 듯했다.

기다리던 그 아가들은 어떻게 됐을까?

때로는 누군가가 데려가서 키웠을 수도 있지만 대부분 떠돌다가 구박을 받거나 잡아 먹혔거나 길에서 외롭게 생을 마쳤을 거라고 생각하니 마음이 먹먹해진다. 저렇게 찾아오지 못하게 아무도 모르는 섬에 갓다 버리는 머리를 다른 데다 썼으면 나라가 더 발전하기라도 했을 텐데.

늘 입버릇처럼 하는 말이지만 인간만 반려동물을 선택하는 게 아니라 동물도 반려인간을 선택할 수 있으면 참 좋겠다. 나랑 맞을지, 끝까지 사랑을 줄 수 있는지. 그저 운명이라 생각하고 인간의 손에 순응할 수밖에 없는 그 아이들이 슬프다.

몽이는 육손이, 아니 육발이

여행을 다녀와서 몽이의 건강검진을 갔는데, 의사 선생님이 몽이 발을 보시더니 "뒷발 발가락이 6개라 잘못하면 이불 같은 것에도 찢길 수가 있다"고 하셨다.

〈사진 8〉 발가락 수술 후의 몽

초짜 부모였던 풍뎅과 돌프는 바보였다. 일어나지도 않을 일을 곧 일어날 일처럼 과장하는 의사 선생님의 말이 어쩌면 그렇게 귀에 와서 박히던지. 1분도 생각하지 않았다.

멍이를 살려준 믿는 의사쌤이 가라사대 몽이가 아플지도 모른다고 하지 않는가. 나중에 대형 사고를 방지한다는 선생님만 믿고 또다시 아가를 수술대로 보냈다.

시집의 제목처럼 '지금 아는 걸 그때도 알았더라면' 절대 차가운 수술대에 쓸데없는 수술을 하러 올려놓지 않았을 거다.

캠핑 시작과 뻘짓들

새벽부터 돌프가 깨웠다. 부스스 일어난 풍뎅에게 돌프는 얼른 도시락을 싸서 캠핑을 가자고 했다. 어디서 샀는지 언제 샀는지 텐트도 있었다. 돌프는 A형답게 어떤 것에 꽂히면(?) 한동안 집착을 하고 그 용품이 택배로 계속 온다. 캐릭터에 꽂히면 캐릭터 물품이 오고 하는 식이다.

그땐 한동안 낚시용품이 올 때였다. 차에 택배로 받은 낚시 도구를 잔뜩 싣고 텐트를 싣고 경기도 어디쯤의 낚시터에서 내렸다.

돌프는 "낚시하는 동안 책도 읽고 차도 마시고 몽이랑 놀아"라고 하면서 텐트를 쳐줬다. 아직 해가 뜨기 전에는 바람도 조금 불고 뭐 그런대로 텐트 안이 쾌적했지만, 곧 해가 떠오르면서 상황이 달라졌다.

7월이었다. 뜨거운 햇빛이 텐트 안에 스멀스멀 들어왔고 이내 찜통으로 바뀌어 버렸다. 낚시를 하려던 돌프도 더웠는지 땀을 식힌다고 텐트에 들어왔지만 익어 가고 있는 몽과 풍뎅을 보더니 한마디 했다.

"텐트 접자."

돌프의 취미에 동참해 주려고 아무 말도 안 하고 애쓰고 있던 풍뎅에게 그 말은 구원의 빛이었다.

"얼른 접자. 더워 디질 뻔했어."

텐트를 친 시간이 오전 8시 반. 걷은 시간은 10시 정도. 그 안에 몽이와 풍뎅은 텐트 안에서 삶아져 가고 있었다. 싸갔던 도시락은 집에서 먹었다.

돌프랑 풍뎅은 늘 즉흥적이어서 앞의 캠핑과 같은 사건이 비일비재했다. 거기엔 항상 몽이가 함께했음은 당연한 일이었다.

갑자기 걷고 싶어 남산을 간다든가, 몽이를 자전거 태워 주고 싶다든가 등등의 이유로 몽이는 등산도 가고 자전거 타기도 하고, 늘 즉흥적으로 따라다니게 됐다.

전의 그 캠핑과 흡사한 사건이 또 생겼다. 5월 말께의 어느 날, TV를 보고 있던 돌프가 물었다.

"바다 보고 싶지 않니?"

풍뎅은 시계를 봤다. 시계는 자정을 향해 가고 있었다.

"지금?"
"얼른 출발하자. 아가 짐 챙기고."

자던 몽이는 얼떨떨한 얼굴로 쳐다보다가 데리고 나가 달라고 꼬리를 세차게 흔들었다.

"출발 !!!!"

셋은 정동진을 향했다. 새벽 4시쯤 정동진에 도착했다. 관광철도 아닌데 왜 그곳에 갔을까? 아무것도 없고 불도 다 꺼지고 더더군다나 바닷바람을 고려하지 않고 간 정동진이라 복장불량'이었다. 서울은 반바지와 반소매 차림으로도 충분했지만 바닷바람은 그런 차림으로 간 그들을 비웃듯 차갑게 감겨 왔다. 후회막급이었다. 거기까지 운전해 간 돌프를 배려하느라 풍뎅은 입술이 덜덜 떨리는 걸 참으면서 이를 꽉 물고 있는데, 돌프 역시 이를 악물며 말을 꺼냈다.

"졸라 추워."

풍뎅이 돌프를 힐끗 봤다. 뭐 마려운 강아지처럼 반바지 아래로 나온 종아리를 열심히 비비고 있는 돌프.

"돌아가자 !"

잽싸게 차로 돌아간 돌프를 따라 풍뎅도 차에 올랐다. 일단 따뜻한 커피를 사서 서울로 돌아가면서 둘은 계속 비실비실 웃었다.

"우리 늙어서 할 얘기 많겠다."
"그러게."
"아 !! 커피가 이렇게 따뜻한 줄 몰랐어."

영문도 모르던 몽이는 여행한다고 좋다가 말았다.

몽이의 복종 훈련, 그 부작용

몽이는 흔히 얘기하는 '강아지 복종 자세'를 싫어했다. 등을 바닥에 깔고 배를 보이는 자세를 강아지의 복종 자세라고 하는데, 스스로도 배를 보이지 않을 뿐 아니라 이 자세를 하게 하면 심히 불쾌해했다.

그때 다니던 병원에서 강아지를 제대로 길들이려면 억지로라도 한동안 복종 자세를 하게 해서 주인이 개보다 서열이 위라는 사실을 보여줘야 한다고 했었다. 그들은 여러 번 몽이를 뒤집어 봤다가 개성이 너무 강한 '그분'을 복종시키는 데 번번이 실패하고 포기해 가고 있었다.

어느 날 퐁뎅과 돌프는 외출을 하고 몽이이모가 몽이를 봐주기로 했다. 외출에서 돌아온 퐁뎅과 돌프를 맞이한 몽이이모는 아랫입술이 심하게 부어 있었다.

" 어쉬 우아 (어서 와)."

" 너 왜 그래 ?"

" 쩌 쉐끼항테 물려쒀 (저 새끼한테 물렸어)."

얘기인즉슨, 몽이를 복종시키겠다고 배를 억지로 보이게 하고 눕

혔단다. 그랬더니 똘끼 강한 그넘이 분한지 부르르 떨더란다. 그러거나 말거나 복종을 시켜야만 한다는 사명감으로 못 일어나게 누르고 있었더니 한참을 분에 못 이겨 부르르 떨던 몽이가 힘을 풀더란다. 나름 효과가 있다고 생각한 몽이이모가 채찍에 이어 당근을 줄 요량으로 몽이에게 칭찬하기 위해 "아이! 착해"하면서 뽀뽀를 하는데, "왕 아그 와구 와르릉~~~&^#$@&"등의 요상한 소리를 내더니 아랫입술로 돌진해 입술을 물어 두 배로 만들었다는 것이었다.

그것으로 몽이의 WIN!

이후 다시는 복종 자세를 시키지 않게 됐다. 몽이는 10전 10승. 완승인 것으로!!!!!

〈사진 9〉 요런 똘망한 눈으로 세상을 많이 궁금해했던 몽

4. 몽이와 쫑이의 이야기

새로운 식구를 맞이한 몽이의 태도

풍뎅의 친구가 펫숍을 열었다. 몽이의 물건도 사올 겸 친구도 볼 겸 그 친구의 숍으로 갔다. 숍은 그 친구 성격처럼 깔끔하고 참 정돈이 잘돼 있었다. 앉아서 이런저런 얘기를 하던 중에 갑자기 그 친구가 "'쟤 좀 뎃구 가'"라고 하며 강아지 한 마리를 가리켰다. 거기엔 시추 한 마리가 있었다. 제법 커 보였다.

> "우리 집 강아지가 낳은 앤데 4개월이 지나도록 안 나가고 진상 떨고 있다. 너 데리고 가서 키울래?"
> "에이 난 몽이도 안 데리고 오려다가 뎃구 온 건데, 몽이 하나도 벅차."

말은 하면서도 눈이 갔다. 풍뎅은 그 강아지를 물끄러미 봤다. 앞다리는 흰 장화를 신은 듯 다리 부분만 하얬다. 풍뎅이 그간 보았던 시추보다 덜 눌려 있는 얼굴에 날씬하고 긴 다리. 그래서 연약해 보이던 그 아가. 지나치게 예쁘다.

"한번 안아 봐도 돼?"

풍뎅의 품에 안긴 그 아가는 빨판처럼 쫙 붙어 있었다. 억지로 떼어 놓으려 하는데 힘없이 주욱 미끄러지는 것이었다. 풍뎅은 떨어질까 봐 재빨리 안아들었다. 같이 갔던 친구 하나가 "얘 댓구 가야 할 것 같다"고 하는 말에 그 아이의 눈을 봤다. 울었는지 눈가가 축축했다. 자기도 모르게 돌프에게 전화를 했다.

"나야. 지금 시추 한 마리 안고 있는데….."

말이 끝나지도 않았는데 "나 원래 시추 키우고 싶었는데. 뭐, 댓고 오고 싶으면 댓고 와"라고 했다. 아가를 데리고 오자마자 동물병원 가서 항체검사를 했더니 중성화를 시켜도 된다고 해서 바로 다음 날 중성화를 시키기로 했다.

"아가 이름을 뭐로 지을까?"
"쟤 먹성이 너무 좋은 거 아니야?"
"그치? 안 그래도 많이 먹는다고 그랬었어."
"식충이라고 지을까? 좋아 ~~!!!"
"그게 뭐야? 아가한테?"
"그럼 쫑이?"
"그것도 안 돼!!"
"그럼 쫑이가 낫겠네. 귀엽잖아. 쫑아 쫑아."

쫑이가 쳐다봤다.

"쫑이 맞네. 이제 네 이름이야."

더 예쁜 이름을 지어주고 싶었지만 쫑이가 쳐다봤다는 이유로 쫑이가 됐다. 다음날 중성화를 시켰다. 수술의 아픔과 낯선 환경에 겁을 내는 쫑이에게 몽이는 위협을 하고 으르렁댔다. 새로 온 아가가 싫은 모양이었다. 본의 아니게 자꾸 몽이를 혼내게 됐다.

〈사진 10〉 늘 방석도 집도 뒤집어 놓고 노는 쫑

〈사진 11〉 쫑이에게 몽이의 존재는 절대적이었다. 몽이에게 아빠가 전부였듯이 쫑이에겐 몽이가 전부였다

새로운 식구를 맞이하는 인간의 자세에 대해

풍뎅은 간혹 새로 아가를 입양했는데 원래 있던 아이와 잘 못 지낸다는 이유로 파양한다는 글을 읽는다. 사실은 참을성이 필요한데 인간이 그걸 모르거나 못 참아서 그런 결과가 나오는 거다. 다 적응하고 의지하게 돼 있다.

풍뎅도 몽이와 잘못 지내는 쫑이를 도로 데려다 주려고 진지하게 고민한 적이 있었다. 걱정될 만큼 몽이에게 문제가 생겼기 때문이다. 사랑을 독차지하던 몽이에게 쫑이는 스트레스 그 자체였던 모양이다. 쫑이가 온 후 일주일을 으르렁대고 밥도 안 먹고 신경전을 벌이더니 급기야 피를 토하고 피설사까지 했다. 얼른 몽이를 들쳐업고 병원으로 갔다.

조금만 아이가 아파도 오만 인상을 쓰면서 호들갑을 떠는 원장 선생님(명이를 수술시키셨던 원장님인데 점점 변해 가시는 느낌이다)은 몽이를 진찰하시더니 다른 의사 선생님에게 "차마 내 입으로는 말 못 하겠다"라고 하면서 밖으로 나가셔서 인상을 쓰면서 담배를 물었다.

풍뎅은 몽이가 큰 병에 걸린 줄 알고 가슴이 철렁했다. 다른 의사 선생님은 몽이가 세균에 감염된 것 같다고 하셨다. 얼마나 심각하길래 차마 말을 못 하겠다고 나가신 건지 걱정이 돼서 풍뎅은 울고 돌프는 속상해 어쩔 줄 몰라 했다. 잠시 후 '과장 대마왕'인 원장 선생님이 들어오시더니 화면을 보시면서 "몽이에게서 **엄청난** 세균이 발견됐다"하고 하면서 입원시켜야 한다고 하셨다.

원인이 뭐냐고 물었더니 "정확한 원인은 알 수 없지만 아마 스트레스이거나 뭔가의 감염 원인이 있을 것 같다"는 말에 그들은 쫑이를 파양할 생각을 잠깐 했다.

해서 쫑이를 데려왔던 친구에게 전화를 걸었다. 친구는 담담히 이렇게 얘기했다.

> "처음에는 서로 싸우다 적응해 나가니까 조금만 기다려 줘. 걔들한테도 시간
> 이 필요해. 그래도 정 너희가 그렇다면 데리고 와."

몽이를 3일 입원시켰다. 원장 선생님은 일주일은 입원해야 된다고 퇴원을 만류했지만, 우선 의사 선생님이 지나친 과장을 하시는 게 아닌가 싶어 빨리 퇴원시켰다. 어떤 세균이길래 저러시는지 모르겠지만, 죽을병은 아닌 것 같은 느낌적인 느낌이 강하게 왔다. 다른 의사쌤은 담담히 말씀하신 터라 과잉 의료행위에 대한 의구심마저 들었다.

또 세균 따위라면 몽이가 잘 이겨줄 것 같았고, 친구의 말처럼 쫑이와 몽이를 같이 있게 하는 시간을 더 줘야 할 것 같았다. 풍뎅은 퇴원을 원한다고 했다. 몽이를 데리고 나온 후 네 식구가 친해지는 여행을 가기로 했다.

예상대로 몽이는 단순 스트레스였던 듯했다. 낯선 곳에 가니 의외로 둘이 싸우지도 않고 의지하는 모습을 보였다. 둘의 첫 여행은 성과가 있었다. 친구의 말처럼 기다려주지 못하고 쫑이를 파양했으면 쫑이에게 큰 상처를 줄 뻔했다. 쫑이를 보면서 미안했다.

풍뎅이 경험을 해 보니 새로 아가를 입양할 때는 인간의 인내심이 가장 중요하다. 일단 기존의 아이를 먼저 챙기고, 새로운 아이를 작다거나 예쁘다거나 하는 이유로 먼저 감싸거나 간식 또는 밥을 먼저 주거나 하는 일은 삼가면 서열을 깨고 싸움을 일으킬 일이 줄어든다.

당연히 있던 아이는 새로 온 아이가 달갑지 않을 수밖에 없다. 처음부터 잘 지내기를 바라는 건 인간의 이기심일 뿐이다. 물어 죽일 것처럼 으르렁대거나 몽이처럼 스트레스를 받아 아프더라도 주인의 인내심만이 답이다. 서열 정리만 잘해 주고 기다려 주면 다 정리된다. 사람도 텃세를 하지 않는가?

제발, 그런 이유로는 파양하지 않았으면 좋겠다.

쫑이의 눈물샘 수술

쫑이가 풍뎅의 집에 온 게 2005년 6월 7일이다. 두 달 반이 지났을 즈음 쫑이의 예방 접종차 병원에 들렀는데 그 의사 선생님(앞에서 얘기한 과잉 진료의 대마왕)이 쫑이의 눈을 보더니 눈물을 너무 많이 흘린다고, 이러면 눈이 짓무를 수 있다며 또 수술을 권하셨다.

그때까지는 그 선생님을 철석같이 믿고 있었던 터라 정말 큰일이 날 줄 알고 풍뎅과 돌프는 수술을 시켰다. 불쌍한 쫑이는 또 수술실로 끌려 들어갔고 그 당시 비용으로는 적지 않은 75만 원을 들여 수술을 시켰다. 그런데 수술 후에도 여전히 쫑이는 눈물을 흘렸다. 이유를 물어봤더니 의사 선생님은 계속 뭔가 다른 말로 설명을 하는데 핑계를 대는 것 같았다.

풍뎅과 돌프는 적잖이 실망을 했다. 돈이 아까워서가 아니었다. 아가를 아프게 했는데 그 결과가 수술 전과 차이가 없다면 잘못 수술한 것일 텐데, 그에 대한 아무런 해명이 없는 것이 문제였다. 그들에게 어려운 전문 의학적인 얘기만 했다.

바보짓을 했다.

사고뭉치 쫑이

쫑이는 "쫑아~" 하고 곱게 불린 기억이 거의 없다. 항상 언성이 높여진 반 톤 높은 어조로 "쫑쫑아!!!!!"로 불렸다.

하루에 한 개씩은 사고를 쳤다. 몽이는 절대 쓰레기통을 뒤진다든가 배변을 실수한 적이 없었는데 두 달 동안 배변훈련을 잘 마친 뒤에도 쫑이는 돗자리나 침대에 쉬를 했고, 풍뎅은 욕에 욕을 하며 침대보를 빼는 일이 다반사였다.

이 외에도 신문지나 휴지가 보이면 발기발기 찢어 놓기. 신발 물어다가 자기 집에 갖다 놓기. 자기 응가 물고 들어와서 굴리고 놀기 등등 잠시도 눈을 뗄 수가 없는 말썽꾼이었다.

개 방석이며 개집은 죄다 뒤집어 놓고 거북이처럼 이고 다니는 일도 흔했다. 어느 날은 바닥에 놓은 풍뎅의 가방 속에 들어가서 놀다가 지갑을 갖고 놀았는지 지갑이 열려 있었다. 방바닥에는 만 원짜리 하나가 나와 있었다. 풍뎅은 가자미눈을 하고 고개를 '휙!' 돌려 쫑이를 찾았다.

"바스락~"

쫑이 집 안에서 소리가 들렸다. 획 돌아봤더니 만 원짜리 하나를 물고 놀고 있었다.

"이눔 시키!! 커서 뭐가 되려고 엄마 지갑을 뒤져서 돈을 훔쳐?"

엉덩이를 맞으면서도 만 원짜리를 물고 놓지 않으려던 쫑이. 더한 것은 방석 안에 이미 만 원짜리를 하나 더 숨겨놓고 있었다는 것이다. 쫑이를 데리고 온 펫숍의 친구에게 쫑이의 이야기를 했더니 그 친구는 한술 더 떴다.

"잘하고 있구나. 우리 쫑이 !!!!! 개로서의 본분을 다 하는구먼."

개로서의 본분을 다하는 쫑이였다

돌프와 풍뎅이 함께 외출했다 돌아오면서 반갑게 "아가들, 엄마랑 아빠 왔다~"라고 인사를 하며 현관문을 여는 순간 저절로 "이 개시키!!"라는 소리가 터지며, 이미 난장판이 된 집에 망연자실해 있고, 쫑이는 자신의 잘못을 알고 어디론가 쏜살같이 숨어 버리는 일이 빈번했다. 그럴 때면 몽이만 와서 '엄마, 난 아니야' 하는 얼굴로 꼬리를 살살 흔들곤 했다.

그렇게 둘은 참 달랐다. 몽이와 다르게 쫑이는 풍뎅의 옆을 항상 맴돌았고 찡찡대고 안아 달라고 보챘다. 예의 바르게 네 발을 항상 모으고 앉았다. 그런 모습이 참 예뻤다. 시간이 흐르고, 처음엔 먹을 것을 그렇게 밝히고 간식이든 밥이든 주는 동시에 흡입하던 쫑이도 점점 적응하기 시작했다. '진공청소기'처럼 먹을 것을 사정없이 빠른 흡입력으로 빨아들이던 쫑이가 때로는 먹을 것을 남기기도 했다. 평화로운 날들이 이어졌다.

　역시 데리고 오길 잘했다. 몽이와 적응하길 기다리기도 잘했다. 둘은 싸우기도 하고 의지하기도 하면서 비교적 잘 지냈다. 몽이는 쫑이를 달가워하지 않았지만 쫑이는 몽이를 하염없이 따라다니고 좋아했다.

〈사진 12〉 돌프의 그림. 늘 하루 한 건 이상의 사고를 치는
'개로서의 본분'에 충실한 쫑

TV 보는 강아지들. 노래하는 쫑이

몽이가 외동이었던 시절, 외출할 때면 몽이를 위한 배려로 돌프와 풍뎅은 TV를 틀어놓고 나가곤 했다. 그래서 몽이는 혼자 집에 남아 TV를 보게 되는 일이 종종 있었다.

어느 날부터 뚫어지게, 뭔가 아는 듯 TV를 보기 시작했다. 그러다가 동물이 나오면 하염없이 보는 것을 넘어 너무나 격렬하게 반가워하며 꼬리를 흔들다가 몸통까지 흔들며 짖기 시작했다.

처음에 그런 몽이를 '쟤 왜 저래?' 하는 눈으로 바라보던 쫑이도 어느 순간부터 TV를 보기 시작했고, 더욱 버전 업된 쫑이는 몽이와는 다르게 말이나 새와 애벌레가 나와도 짖었다.

풍뎅은 장난기가 발동했다. 몽이는 특별한 훈련을 하지 않았어도 사람의 말을 너무 잘 알아들었기 때문에 "몽아! TV에 동물 나왔다!"라는 말을 해서 몽이를 부르곤 했다. 그 말을 들은 몽이는 다른 데 있다가도 쏜살같이 달려 나왔고, TV에 동물이 있으면 어김없이 짖어댔다. 그리고 TV에 동물이 아니라 사람이 있으면 TV를 한번 보고는 엄마와 아빠를 보며 '뭐야?' 하는 표정으로 다시 있던 자리로 가 버렸다. TV에 동물이 있을 땐 짖다가도 채널을 돌려서 동물이 사라지면 희한하게 멈추곤 했다.

점차 쫑이도 TV를 보기 시작하더니 몽이가 못 보고 있을 때 동물이 나오기라도 하면 몽이와 TV를 번갈아 보면서 짖어대서 결국 몽이를 불러내고 합창을 유도했다. TV에서 나오는 동물의 짖음이나 소리 때문이 아니었다. 볼륨을 죽인 상태라도 동물이 나온 걸 깨닫는 순간이면 이놈들의 배틀 때문에 채널을 돌려야만 했다. 그래서 외출할 때마다 TV 편성표를 보고 외출한 시간대에 동물이 나오는 프로를 방영하는 채널이 아닌 채널을 골라서 틀었어야 했다.

어느 날 돌프가 집에 혼자 있을 때의 일이었다. 샤워를 하려고 욕실에 들어가 있는데 갑자기 쫑이가 이상한 소리를 내며 짖는 것을 들었다. 혼자 울부짖는 것 같은 소리에 놀라서 뛰어나온 돌프를 아무 일 없었던 듯 쳐다보는 쫑이.

강아지가 귀신을 본다는 속설을 꼭 믿는 건 아니지만, 혼자 있는데 갑자기 뭔가를 향해 아무 이유도 없이 평소 짖음이 없던 쫑이가 마구 짖었다는 사실이 귀신이라도 보고 짖은 것만 같아서 돌프는 무서웠다고 했다.

그 비밀이 밝혀졌다. 전화벨이라든가 인터폰 같은 약간 높은 주파수의 반복되는 소리에 반응하는 거였다. 마치 노래하듯이 고개를 위로 들고 "우--- 우--- 우올—" 하는데, 풍뎅과 돌프는 "저거 노래하는 거 아냐? 맞지?"라고 말하며 노래하는 재주 많은 강아지로 생각하기로 했다.

사실 노래라고 생각하고 싶지만, 그 소리는 절규에 가깝다. 못 참겠다고 내는 소리 같은 느낌도 살짝 있지만 그냥 노래인 것으로!

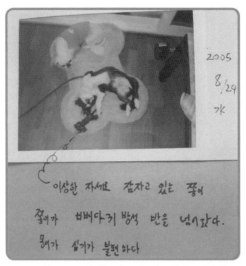

이상한 자세로 잠자고 있는 쫑이
쫑이가 비벼다기 방석 반을 넘어갔다.
몸이 심기가 불편하다

<사진 13> 쫑이의 자세는 항상 방바닥에 놓아둔 걸레 같은 폼이다

두 강아지의 다른 점

쫑이는 벽지를 갉아 먹거나 쭉 찢어 놓거나, 엄마 지갑의 돈을 훔치거나, 엄마의 스케줄 수첩을 발기발기 찢는 등 종이에 많이 집착했고 장난감에도 집착했다. 몽이가 아빠한테 집착하고 유리나 쇠 같은 단단한 것을 물던 것과도 달랐다. 또 몽이는 참을성이 많고 기다리는 강아지였던 것에 비해 쫑이는 참을성이 없고 아무 데서나 걸레처럼 온몸을 비틀고 널브러져 '쩍벌남'을 연출하곤 했다. 온 집안을 뒤져 이것저것 꺼내 마루에 자신의 전리품들을 늘어놓는 것이 취미 생활이었던 쫑이었기 때문에 쫑이가 온 이후로 혹시 일어날지 모르는 사고에 대비해 돌프와 풍뎅은 쓰레기통을 베란다 밖으로 내놓을 수밖에 없었다.

몽이와 쫑이는 서로 의지하는 일이 많아졌다. 쫑이는 형아를 너무 좋아해서인지 형아를 늘 따라다니면서 으르렁대든 말든 형 옆에 자리를 잡고 앉아 있곤 했다. 그러다 그 쩍벌남의 자세를 주체하지 못하고 '쩍벌~' 자세로 방석을 많이 차지해서 몽이는 심기가 불편한 얼굴을 하고는 방석 구석으로 밀려나 있기 일쑤였다. 그래도 둘이 있는 게 아주 싫지는 않은 듯했다.

풍뎅은 쫑이를 기다려주지 못했다면, 단지 몽이가 스트레스받는다는 일로 쫑이를 돌려보냈다면 지금쯤 어떤 변명을 하면서 자위하고 있었을까 생각한다. 역시 두 아이를 키우려면, 많이 기다리고 지켜봐 주는 게 좋은 일이다. 무조건 기다려 주는 것이 답이다.

두 아이의 유혈 사태

이빨이 있는 맹수들답게 일 년에 한두 번씩 둘은 꼭 거사를 치렀다. 평상시 순하디순하고 천사 같기만 한 쫑이는 순간적으로 야수 빙의 모드로 돌변하는데, 그러면 몽이 역시 만반의 전투태세를 갖추고 들이받아 버린다. 그럴 때면 풍뎅이나 돌프가 소리를 지르든 말든, 아이를 때리든 말든 자제력을 잃은 두 마리의 맹수들은 피를 보고 싸운다.

결국 물을 들이붓거나 빈 생수통으로 바닥을 내리치거나, 그것도 안 되면 한 놈을 억지로 들어올려서 싸움을 말려야 한다. 들어올려져 안긴 놈이나 안기지 못한 놈이나 덜 싸운 것에 대한 분이 풀리지 않아서 소리를 지르며 안아 올린 놈 내려놓고 가라고 한동안 법석을 떤다.

진정 타임이 오면 풍뎅은 둘을 야단치면서 소독약을 발라주는데, 형이지만 몽이가 항상 지는 느낌이다. 날씬한 쫑이는 싸울 때 여유 있는 스텝으로 사뿐 뛰어올라 두 다리로 서서 형을 누른 자세로 싸움에 임하기 때문에 제아무리 떡 벌어진 어깨를 자랑한다는 '사자의 후예'라고 해도 위에 올라타서 무는 놈을 당해 내지 못했다. 풍뎅과 돌프가 없을 때는 유혈사태가 벌어지지 않기 때문에 그나마 다행이지만 싸운 직후 둘을 놓고 나갈 때 두 사람은 늘 불안불안했다.

쫑이의 멀미와 여행 입문

쫑이는 처음 차를 태웠을 때부터 멀미를 심하게 했다. 몽이는 처음 왔을 때부터 차에 익숙한 '여행 체질'이었는데 쫑이는 차를 타는 게 익숙하지 않아서인지, 아니면 멀미를 하는 건지 지나칠 정도로 호흡을 가쁘게 헥헥댔다. 돌프와 풍뎅은 그런 쫑이가 걱정이 돼서 틈틈이 운전을 쉬고 창을 열어주곤 했다.

몽이는 차창 밖을 보는 일을 즐겼고 창이 열리든 차 문이 열리든 언제든 뛰어나갈 만반의 준비를 하고 있어서 창문을 열 때조차 주의를 해야 했다. 창으로 몸을 한껏 내밀고 바람을 느끼던 강아지가 주인의 부주의로 차창 밖으로 떨어졌는데 뒤따라오던 트럭이 아이를 미처 발견하지 못하고, 발견했더라도 급제동을 하기엔 너무 거리가 짧아 그대로 들이받아서 즉사했더라는 이야기를 들어서 겁을 내던 풍뎅은 몽이가 떨어질까 봐 창문을 반만 열고 몽이를 꼭 안고 웃지 못할 자세를 취하곤 했다. 반면 쫑이는 뭐가 그리 무서운지 엄마 무릎을 파고들어 앉아서는 고개도 들지 못했다.

　몽이는 바다를 참 좋아했다. 그래서 네 식구는 바다로의 여행을 많이 했다. 음식도 맛있고 인심도 좋은 속초가 그들의 주 여행지였다. 바다에 도착하면 몽이는 신나게 모래밭을 밟고 뛰어다니고 바다 안을 궁금해하면서 고개를 갸웃거리며 웃곤 했다. 하지만 쫑이는 바다에 무서운 무언가 있는 모양으로 멀찌감치 떨어져 터덜터덜 걷다가 안아 달라고 조르기를 반복했다. 같이 살수록 두 아이의 다른 점이 두드러지고 그걸 하나씩 발견해 나가는 게 돌프와 풍뎅이의 즐거움 중 하나였다.
　몽이에게는 또 다른 취미가 생겼다. 가을이 오면 꼭 떨어진 나뭇잎을 입에 물고 다닌다. 그 모습이 너무 귀여워서 풍뎅은 일부러 낙엽이 많은 데로 몽이를 데리고 가곤 했다. 몽이는 조금 긴 풀도 좋아했

〈사진 14〉 속초 바닷가에서

〈사진15〉 바다와 눈을 좋아했던 몽

다. 자기의 다리 길이만큼의 풀숲을 보면 토끼처럼 깡충깡충 뛰어다녔다.

몽이는 눈도 좋아했다. 눈이 많이 쌓여 있는 곳만 가면 뛰어다니고 눈을 먹기도 하고 자기가 좋아하는 게 무엇인지 늘 확실하게 표현했던 몽이였다.

돌프와 풍뎅이의 뻘짓 세 번째

이전에 캠핑 사건이나 정동진 찍기만 하고 돌아왔던 일들과 비슷한 일이 또 발생했다. 바다로 나갔다 오기엔 시간이 부족해서 도시락을 싸서 한강 둔치로 나가기로 했던 날, 풍뎅은 둔치에 도착하자마자 돌프가 트렁크에서 무언가를 주섬주섬 꺼내는 것을 보고 물었다.

"뭐야?"

"텐트"

"헉! 이건 또 언제 샀어?"

"저번 주에 주문했지. 이건 아주 쉬워. 원터치로 펴지거든. 전에 하도 펴는 데 고생을 해서 다시 주문했어."

눈을 흘기는 풍뎅에게 돌프는 들뜬 목소리로 말했다. 정말 신기하게 바다에 놓고 조금 움직였을 뿐인데 텐트가 펴졌다. 네 식구는 싸 간 음식을 먹고 산책을 하고 놀았다. 문제는 그다음이었다. 펴기 쉽다는 텐트를 바닥에 던지다시피 해서 펴는 법만 알았지 접는 법은 몰랐던 것이다.

폈던 방향의 반대로 아무리 접어도 텐트가 접히기는커녕 둘을 비웃듯이 옆으로 튕겨져 나갔다. 결국 둘은 차에 실을 수 없는 텐트를 단 한 번 쓰고 한강 둔치에 두고 올 수밖에 없었다.

제주 여행에서 생긴 일

몽이의 생일은 1월이다. 생일 축하 여행을 속초로 정했다. 눈이 오고 있었다. 눈은 밤새도록 내렸다. 아침에 일어나서 창밖을 보니 세상이 온통 하얀색이었다. 몽이와 쫑이를 데리고 나갔는데 쫑이는 늘 그랬듯이 엄마만 찾고 별 반응이 없는 데 반해 몽이는 그 눈을 만끽하며 이리저리 뛰어다녔다.

온통 하얀 세상. 그 속에서 몽이는 눈과 하나가 됐다. 몽이에게 좋은 추억을 준 것 같아 뿌듯했던 돌프와 풍뎅은 아이들에게 제주도를 보여주자는 생각에 다다랐다. 한다면 꼭 하고야 마는 현실감각 없는 부부는 그해 여름 드디어 제주도 여행을 감행하기에 이른다.

아이들의 무게 때문에 어쩔 수 없이 화물칸에 실을 수밖에 없는 아이들을 보는 둘의 마음은 좋지 않았다. 게다가 극한 상황에 있게 되면 물고 싸울 수도 있어서 다른 케이지에 담아야 한다고 해서 어쩔 수 없이 둘을 따로 실었다.

몽이는 그래도 의젓하게 맏형답게 "조금만 참아, 몽아. 한 시간만 참으면 돼"라는 말에 집중하고 듣는 시늉을 했는데, 난생처음 혼자 있게 된 쫑이는 불안한 얼굴로 케이지 안에서 칭얼대기 시작했다. 애써 한 시간만 참자는 생각을 하고 제주공항에 도착했는데, 도착해서 아이들을 맞이하는 순간 기가 막혀 할 말을 잃었다.

케이지에 피가…

제주도에 도착한 그들은 입을 떡 벌렸다. 애초 약속과 달리 개린이 (개 어린이)들은 사람이 데리고 나오는 것이 아니었다. 아가들은 화물 칸에 여행가방들과 같이 빙빙 돌며 짐짝처럼 나왔다. 그것부터 속이 상했다. 그런데 케이지에 가까이 간 순간 풍뎅은 말문이 막힐 수밖에 없었다. 쫑이의 케이지가 온통 피범벅이었던 것.

장남답게 참을성이 많았던 몽이는 엄마의 '기다려. 금방 만나니까' 라는 말을 듣고 기다려주었지만 태어나서 처음 혼자 케이지에 갇히고 춥고 어두운 곳에 있었던 쫑이는 케이지 문을 사력을 다해서 긁은 모양이었다. 케이지는 피투성이고 발톱은 덜렁거렸다.

돌프는 뭐 씹은 표정으로 망연자실 서 있고, 풍뎅은 비명을 지르며 울고, 침착한 몽이모 역시 인상을 잔뜩 찌푸린 채 한동안 입술만 깨물었다. 여행이 문제가 아니라 아이의 안전이 더 문제였다.

렌트한 차가 나오자마자 동물병원을 찾았다. 항생제 주사를 맞게 하고 소독하고 붕대도 감고…. 그때부터 풍뎅과 잠시라도 안 떨어지려는 쫑이를 여행 내내 안고 다닐 수밖에 없었다. 발톱이나 상처에 균이 들어갈까 봐 걱정돼서 내려놓을 수가 없었기 때문이다.

다행스러운 것은 낯선 애견 펜션에서도 몽이는 적응을 잘해 줘서 쫑이를 안고 다니는 불편함 외에는 그나마 잘 즐긴 여행이었다. 우도에 도착했다. 우도에도 선착장 근처에 몇 마리의 강아지가 있었다. 그들은 배를 보고 꼬리를 흔들면서 내리는 사람들의 얼굴을 확인했다. 어떤 몹쓸 인간들이 여기까지 와서 버리고 갔나 보다. 인간들이 제일 나쁘다.

　무사히 제주여행을 마치고 돌아오는 날, 혹시나 있을 사고에 대비해서 풍뎅과 돌프는 쫑이를 붕대로 칭칭 감을 수밖에 없었다. 긁을 수 있는 앞발을 붕대로 감아 뺄 수 없게 몸통과 연결하는 부산을 떨고 나서야 비행기에 실었고 특별히 부탁했다. 사람이 직접 데리고 와 달라고.

〈사진 16〉 우도의 바닷가. 왠지 슬퍼 보였던 미소

〈사진17〉 쫑이는 말썽을 많이 부렸다.
우편물을 몰래 찢다가 딱 걸린 쫑

화물칸으로 또 실려 나오면 못 참을 것 같아서 이번에는 다짐을 받고야 비행기를 탔다. 다행히 직원이 직접 케이지를 들고 나왔다. 쫑이는 붕대를 풀지 못하고 잔뜩 겁에 질려 있었지만 그래도 더 이상의 사고는 생기지 않았다.

그렇게 말 많고 탈 많은 제주여행 이후 돌프와 풍뎅은 아가들과 비행기 타는 여행은 절대로 하지 않기로 했다.

5. 몽이가 병에 걸렸다

그해 가을, 몽이가 숨 쉬는 게 힘들어 보였다. 눈에는 누런 눈곱이 끼고 가끔 코가 막히는지 코에서는 콧방울이 풍선처럼 생기곤 했다. 밤엔 짭짭거리는 소리도 점점 심해졌다.

강아지가 계속 입맛 다시듯 짭짭거리는 소리를 내거나, 코를 계속 핥는다면 주시해서 봐야 한다. 통증의 다른 표현이기 때문이다. 그걸 몰랐던 풍뎅과 돌프는 자는 데 묘하게 거슬리는 "짭짭" 소리에 잠을 설쳐서 몽에게 짜증을 내곤 했다.

풍뎅의 얄팍한 지식에 의하면 눈물샘이 막혔을 때 저런 증세가 나왔던 기억이 있어서 눈물샘과 코로 연결된 관을 뚫어주면 될 거라는 단순한 생각으로 일말의 불안감도 없이 해맑게 병원을 찾았다.

하지만 그날, 풍뎅은 몇 번씩 천국과 지옥을 왔다 갔다 할 수밖에 없었다. 강아지는 주인의 병을 자기가 짊어지고 간다는 이야기가 있다. 몽이가 아빠를 많이 사랑했었나 보다. 아빠는 완치를 시켜 놓고….

늦여름쯤, 몽이의 이를 닦일 때 입에서 피가 나는 것을 봤다. 사람도 칫솔질을 심하게 하면 잇몸에서 가끔 피가 나기 때문에 대수롭지 않게 여겼고, 동네 병원에서 늘 건강검진을 위한 피검사와 이것저것을 해 왔기 때문에 '칫솔질을 심하게 해서'라고만 치부하고 있던 풍뎅이였다.

목욕을 시킬 때 얼굴 부분을 씻기다가 여러 번 물리기도 했다. 바보 엄마 풍뎅은 샴푸가 눈에 들어갔거나 '얼굴을 잘못 만져서'라고만 생각했다.

"혹시, 이 닦이는 데 많이는 아니고 가끔씩 피가 나는데 왜 그런 거죠? 제가 너무 심하게 칫솔질을 한 걸까요?"라고 물을 때면 의사쌤은 "그럴 수 있어요. 너무 심하게 하지 마세요"라고만 했다. 그래서 몽이가 큰 병에 걸렸을 것이라고는 추호도 생각지 못했다.

그러나 나중에 안 사실이지만, 몽이에게는 전조 증상들이 있었다. ①짭짭거리는 것, 코를 계속 핥아서 엄마, 아빠까지 잠 설치게 하는 것 ②얼굴을 만졌을 때 무는 것, 목욕을 시킬 때도 얼굴 쪽에 손 가는 거 싫어하는 것 ③누런 눈곱 끼는 것 ④숨쉬기 어려워하는 것 ⑤코로 숨 쉴 때 힘들어하거나 코 막힌 소리 내는 것 ⑥숨 쉴 때 코에 방울이 생기는 것 등이다. 이런 증상들은 대수롭게 여기지 말았어야 했다.

병원에서 코 안에 작은 혹이 있는데, 그게 혹시 악성이면 '편평상피암'일 거라며 CT 촬영을 권했다. 생각 속에 있지도 않던 '암'이라는 단어가 풍뎅의 가슴에 콱 박혀 왔고 눈물이 줄줄 흘렀다.

> "지금 엄청 큰 결석도 있어요. 이 결석이 잘못해서 요로를 막으면 폐사 가능성도 있어요. 지금 한쪽 잇몸이 다 주저앉아서 왼쪽 이는 덜렁덜렁 달려 있을 뿐이고요."
> "혹시 암이 아니면 어떤 병인가요?"
> "아마 치주염일 거예요. 코 안의 혹은 단순 혹이라서 코를 막고 있는 거고. 그래서 호흡이 어려운 거예요. 암이라면 결석 수술도 하면 안 되고, 암일 경우에는 주사도 잘못 맞으면 안 돼요. 암의 전이를 촉진시킬 수가 있거든요."

> "아마 치주염일 거예요…."

그 말 만이 풍뎅의 귀에 들렸다. 그렇게 믿고 싶었다. 그러나 CT 촬영의 결과는 절망적이었다. 암이라는 것이다.

하지만 평소 과장 대마왕인 의사 선생님은 암일 리가 없다며 결석 수술을 함께 권하셨다. 조그만 병도 과장을 대빵 많이 하는 분이 아니라면 당연히 아닌 거다. 그래서 풍뎅은 철석같이 믿었다. 이때 동의한 게 그녀의 첫 번째 실수이자 마지막 실수이자 치명적인 실수였다.

잘못된 수술

> "암은 아니랬어. 암은 아닐 거야. 그동안 이를 잘못 닦은 내 탓이야."

89

실성한 여자처럼 중얼거리며 풍뎅은 치약과 칫솔 그리고 좋다는 구강제는 모두 사들였다. 코 안쪽으로 생긴 혹과 치주염 때문에 이가 썩어서 잇몸 뼈가 녹아내린 거라고 생각하고 싶었기 때문이다. 인터넷을 뒤져 치료 방법을 찾기도 했다.

그러다가 알게 된 버려진 아이들과 보호소의 실태, 그들을 위해 봉사하고 입양 보내는 분들, 길고양이를 돌보는 분들 등 많은 사연을 접하게 됐다. 왜 모피를 입으면 안 되는지, 동물원의 동물들이 어떤 생활을 하는지를 알기 시작했다.

결국 무책임한 인간들에게 상처받은 생명들이었다. 풍뎅은 모르던 세상들, 아니 어쩌면 알면서도 외면하던 세상을 하나씩 알아가는 게 두렵기도 했다.

거기서 병에 대한 여러 정보도 알 수 있었다. 치은염과 치주염에 대한 정보들을 전부 찾아냈다. 하지만 절대 암에 대한 정보는 열어 보지도 않았다. 혹시라도 부정 탈까 봐서였다.

수술 전날이 됐다. 단순 치주염이기를 굳게 믿은 돌프와 풍뎅은 수술 후 며칠 동안은 뛰지 못할 거라며 아가들과 피크닉을 갔다. 날도 춥고 바람도 많이 불었지만 풍뎅은 아침부터 서둘렀다. 도시락을 싸고 아가들 간식도 챙겼다. 몽이는 신이 나서 뛰어다녔다. 가끔씩 코로 숨 쉬기 어려워했지만 특유의 웃음을 시종일관 지어 주었다.

"몽아, 넌 내일 잘하고 올 거야. 이렇게 계속 뛰어다닐 수 있을 거야. 엄마가 꼭 고쳐줄게."

풍뎅은 몽이에게 수십 번 되뇌어 줬다. 하지만 몽이가 이날 뛰어다
닌 게 그 짧은 견생의 마지막 달리기였다니….

다음 날, 그 작은 아이를 이리저리 검사하고 수술실로 보냈다. 그
리고 의사 선생님 말씀대로 결석수술도 하기로 했다. "결석이 요로를
막으면 큰일 난다. 하는 김에 같이 하는 게 좋다"고 했기 때문이다.

풍뎅과 돌프는 '이번 수술을 끝으로 두 번 다시 마취하게 하지
않는다'라는 생각 하나로 '간단하다'는 결석수술도 같이 해 달라고
했다.

당시, 뒤늦게 대학원에 다니던 의사 선생님은 수술을 하다 말고 그
과정을 계속 사진으로 찍었다. 의사로서 당연한 건지는 알 수 없지
만, 풍뎅은 조금 불편했다. 하지만 의료 지식이 없는 입장인지라, 그
리고 아가를 맡겨 놓은지라 참을 수밖에 없어서 목구멍까지 차오르
는 불편함을 꾹 누르고 있어야 했다.

4시간 만에 나온 몽이. 기운이 없고 마취도 덜 깨서 눈도 못 떴다.
얼굴이 많이 부어 있었다. 얼마나 놀랐을까.

의사 선생님은 수술은 아주 잘 됐다며 시간이 많이 걸린 이유에 대
해 설명했다. 결석이 너무 안쪽으로 깊게 박혀 있어서 꺼내는 게 힘
들었단다. 그리고 남자 아이이고 모양상 칼슘 옥살레이트이겠지만
정확한 성분 검사를 위해 얼마의 비용을 내면 미국에 보내 검사를 해

온다고 권했다. 그 과정이 필요한 이유는 앞으로 먹는 음식이 그 결석의 성분에 따라 바뀌기 때문이라고 했다.

  하지만 그렇게 깊이 박혀 있는 결석이라면 다시 튀어나와 요로를 막을 이유가 없었을 것이고 그것을 엑스레이상으로 봐서 알고 있을 텐데 굳이 수술했어야 했을까?

  게다가 정작 숨 쉬는 데 문제가 있던 코 안의 혹은 건드리지도 못하고 조직만 떼어냈다는 것이었다. 그렇다는 건, 막상 열어보니 CT 결과처럼 진짜 암이었기 때문에 퍼질까봐 건들지도 못하고 조직 검사만 한다는 건가?'라는 불안감이 지나갔다.

  코 안의 혹이 그대로 있다면 몽이가 수술 전과 똑같이 숨 쉬기 불편한 상태로 살아야 한다는 건데 왜 수술하자고 한 건지 이해가 안 갔다. 하지만 풍뎅은 이런 생각들을 하면서도 말로 꺼내면 부정 탈까 봐, 진짜로 암이 돼 버릴까 봐 수술이 아주 성공적이라고 하는 의사 쌤한테 한 마디도 못 했다.

  눈도 못 뜨고 통증에 시달리던 몽이는 전화기를 통해 아빠의 목소리를 듣고는 눈을 번쩍 떴다. 그리고 겨우 목을 들어서 아빠를 찾았다. 풍뎅은 그 얼굴을 보다가 울어버렸다.

  순식간에 없어진 이빨과 수술로 인한 배의 상처, 입 안의 상처. 엄마로서 해줄 수 있는 게 하나도 없음이 너무 미안했다.

몽이는 배의 수술 부위가 너무 부어서 퇴원이 늦어졌다. 배에 수술 전에 없던 작은 혹 같은 게 만져졌다. 의사쌤은 술부가 부어서 그런 거라 했다. 몽이는 그 아픈 몸으로도 풍뎅이 병문안을 가면 너무 좋아서 이리 뛰고 저리 뛰었다. 그리고

〈사진 18〉 수술 직후의 몽

빨리 집에 가자고 문 쪽으로 유인했다. 그 아이를 놓고 오기가 마음 아팠다.

자꾸 불안한 생각이 들기 시작했다. 안 그래도 불안했는데 풍뎅 대신 병원을 다녀온 몽이이모가 울면서 "언니, 우리 몽이 데리고 여행 많이 다니자. 좋이도 이제 혼자 있는 거 적응해야지"라는 이상한 말을 했다. 더 불안해졌다.

편평상피암

사람이 걸려도 예후가 좋지 않다는 악질 암. 강아지에게는 드문 병이라는, 그게 몽이의 최종 병명이었다.

의사 선생님은 정말 몰랐을까? CT 결과가 암이라는데, 아니라고 수술하자고 했을 땐 확신이 있었던 거 아닐까? 그 확신이 100%도 아닌데 설마 치주염이라 했을까? 풍뎅은 부자는 아니지만, 식구니까 강아지 임플란트만 개발해 달라고, 1000만 원이든 2000만 원이든

드린다고 철석같이 약속했는데….

풍뎅은 나쁜 꿈을 꾸고 있는 것이기를 바랐다. 하지만 정말 피하고 싶은 일은 꼭 사실이 되고야 만다. 그래서 의사 선생님이 수술 중에 연신 사진을 찍었나? 이 정도 암이면 다들 수술을 안 할 테고 임상 자료도 많지 않을 텐데, 대학원을 다닌다더니 논문이나 임상학적인 자료가 필요했던 걸까? 암이면 주사도 놓으면 안 된다 했었다. 조직검사 결과는 벌써 나왔었던 거였을 텐데. 그러면 그동안 맞은 주사는 뭘까?

몽이는 엄마와 아빠가 집에 갈까 봐 울며 매달렸다. 고관절 탈구가 있을지도 모른다는 말에 죽어라 영양제랑 칼슘을 먹였는데, 그 다리가 조금의 이상도 오기 전에 이런 일이 생기다니. 아직 너무 어린데. 아직 줄 것이 많이 남아 있는데. 풍뎅의 머릿속엔 별별 나쁜 생각이 다 지나갔다.

쫑이의 이상 행동

쫑이도 이상 행동을 시작했다. 형이 수술한 다음부터 살아 있는 인형이었다. 밥도 거부하고 물도 거부했다. 그러고는 형이 올까 봐 문만 쳐다봤다.

병원에 갔더니 몽이는 여전히 아픈 만신창이의 몸으로 뛰어와 풍뎅에게 데리고 가달라고 울부짖었다. 펑펑 쏟아지는 눈물을 주체할 수 없었다. 당장 데리고 가고 싶지만 치료도 끝나지 않은 아이를 데리고 갈 수도 없었다. 풍뎅은 그때부터 수술시킨 것을 후회하기 시작했다. 이틀 뒤 풍뎅은 몽이 면회를 가서 말했다.

"그냥 퇴원시키면 안 돼요?"
"지금 맞아야 하는 주사가 있어서 안 돼요."

오늘도 주사를 놨다는데. 좀 물어볼 걸 그랬나? 결석 수술한 뒤에 생긴 작은 혹 같은 건 아직 줄지도 않았고, 몽이 등에 혹 같은 것이 두 개 불쑥 올라와 있었다. 등의 혹은 열감도 느껴졌다. 풍뎅의 속은 바짝 타들어 갔다.

"이건 왜 저런 거예요? 혹시 보셨어요?"
"네 알고 있습니다. 주사 때문일 수도 있어요. 앞으로 몽이는 예방 주사도 맞으면 안 돼요."

이 모순되고 앞뒤 안 맞는 대화 속에서 풍뎅이 더 이상의 컴플레인을 하지 않은 이유는 혹시나, 어쩌면, 이러다가 오진이 되든가 완치가 되는 건 아닐까 하는 실낱같은 희망 때문이었다.

아픈 아가를 맡긴 엄마의 마음은 한없이 약자가 될 수밖에 없다는 걸 절감하면서 풍뎅은 속이 내내 뒤틀렸다. 하지만 약자이기 때문에 내색할 수 없었다.

몽이 등의 혹은 점점 부풀어 갔고, 열감도 더 느껴졌다. 이젠 더 물어보면 감정이 그대로 실려 나갈 것 같아서 몽이이모에게 시켰다.

'전이가 시작된 것 같아요'라뇨?

> "좀 물어봐. 난 미칠 것 같아. 주사 놓을 때도 아픈 거 같던데 그만 놓아야 하는 거 아니냐고."

병원에 다녀온 몽이이모는 "언니 얘기 듣고 그날부터 주사 안 놨대. 육종이 생긴 건지도 모른대"라고 했다. 그래서 "뭐? 안 되겠다. 매일 통원한다 하고 데리고 오자"고 했다.

몽이를 집에 데리고 온 날, 실로 오래간만에 좋이는 온 집 안을 신이 나서 뛰어다녔다. 그러더니 3일 만에 처음으로 밥을 달라고 했다. 풍뎅의 마음은 찢어지는 듯했다.

실밥을 풀었다. 우려했던 대로 배에 자두만 한 혹이 있었다. 술부가 부은 것도 아닌 것 같다. 그리고 처음 만져졌을 때보다 확실히 커져 있었다. 불안감이 또 풍뎅의 머리를 지나갔다.

> "이건 왜 그래요?"
> "검사 결과 지방 조직인데요. 암 때문에 안의 실밥이 터졌을 수도 있어요. 하지만 아주 아주 드문 경우입니다."
> "만일. 실… 밥이 터진 경우라면…."

풍뎅은 빨리 말을 하고 싶은데 자꾸 우물거리고 말을 못 하고 있는 자신에게 짜증이 났다.

"아주 드문 경우니까 걱정은 마시고요. 혹시 화요일까지 두고 보다가 무슨 일이 생기면 다시 오세요."

"그러니까 다시 오라는 말은…."

우물거리고 있자 돌프가 답답해하면 말을 받았다.

"무슨 일이라는 게 생기면 어떻게 해야 하는 거죠?"

"다시 째야 합니다."

풍뎅의 가슴에서는 분노의 '쿵' 소리가 들렸다.

"이 등은 어떻게 된 거예요? 가라앉질 않아요."

"전이가… 시작된 거 같아요."

'시작된 거 같아요'라고? 이런 빌어먹을 상황을 만든 게 누군데!!

몽이를 쳐다보면서 자신도 고통스럽다는 듯 말하는 그 얼굴이 참 가식적으로 보였다. 그렇게 믿었던 선생님인데, 참 뻔뻔스러워 보이기까지 했다. 주사도 맞으면 안 된다더니, 또 수술을 한다고? 너무한다. 화가 났다.

말 못 하는 몽이가 너무 가여웠다. 애초에 조직만 떼어내 검사를 할 것이지, 깊이 박혀 있던 결석을 왜 헤집어 내서 애를 이 상태를 만든 건지. 화가 났다.

몽이는 많이 아픈지 가끔 입술을 부르르 떨었다. 갑자기 한쪽 이빨이 모두 없어진 걸 이해하기 어려워하는 듯했다. 도통 반대쪽으로도 음식을 먹으려 하지 않았다. 풍뎅은 몽이에게 뭔가를 해 주고 싶은데 할 수 있는 게 없었다. 마음만 급해서 애니멀 커뮤니 케이터하고라도 대화를 시도해 볼까 고민하기도 했다.

그 이틀 뒤 잠깐 몽이이모에게 몽이를 맡겼는데 다급한 전화가 왔다.

"언니! 몽이 배를 만져 봤더니 장 같은 게 만져져서 압박붕대를 해서 병원으로 뛰어가는 중이야. 긴급 상황이야."

점점 커진 혹이 아니었다. 배 안의 술부가 벌어져 장기가 나오고 있었던 거다. 하마터면 몽이는 무지개다리를 건널 뻔했던 것이다. 생각할수록 아찔한 상황이었다.

몽이의 재수술

아니었으면 했던 일은 또 벌어졌다. 몽이는 열흘 만에 또다시 개복수술을 당해야만 했고, 등의 농양 때문에 전이가 의심된다는 이유로 등을 열고 호스가 꽂히는 일을 당했다. 그 이유로 몽이의 기력은 완전 바닥이 나 버렸다. 그 작은 아이가 열흘 동안 큰 수술을 두 번이나 했으니 당연한 일이었다.

'차라리 아무 수술도 시키지 말걸.'

풍뎅은 수술시킨 자신이 원망스러워졌다. 그날로 퇴원을 시켜 버렸다. 더 이상 가둬두고 스트레스받지 않게 하고 싶었다. 무엇보다 몽이의 생이 얼마 남지 않은 것 같은 슬픈 촉이 왔기 때문이다. 더는 품에서 떼어놓고 울게 하기 싫었다. 실험용도 아니고 이게 대체 무슨 짓일까? 이 아이에게 모두 견디라는 건가?

몽이는 풍뎅의 드레싱에 입술을 떨면서 끙끙댔다. 그러더니 난생 처음 듣는 괴성을 지르기 시작했다. 세상에 이 작은 아이에게 무슨 짓을 하고 있는 건지.

돌프는 도저히 손이 떨려서 드레싱을 못 하겠다면서 병원에 매일 데리고 다니며 드레싱을 맡기자고 했다. 그 병원을 믿을 수도 없고 화도 났지만 다른 데로 데리고 가서 또 새로 검사하게 하고 다른 방식의 치료를 받게 할 수가 없었다.

열흘 만의 두 번째 수술 후 의사는 등의 육종이 전이라고 말했다. 말하는 그 입 모양이 뻔뻔스럽게 보였다. 거짓말쟁이. 암이 아닐 거라더니….

등에 전이가 확실하다고 했다. 전이가 아주 빠르게 진행되고 있단다. 이제는 길어야 6개월이라고 했다. 처음 수술 후에는 2년 이상이라 했는데 말이 또 바뀌었다.

분노가 차올랐다. 하지만 화를 내고 병원을 박차고 나와 봐야 뭐가 바뀔까? 수술 전의 몽이로 돌아갈 수 없는데, 병원을 바꿔 봐야 또 다른 치료의 연속일 뿐일 텐데.

"그래, 아주 짧은 기간은 아닐 거야. 열심히 먹이고 살려 보자."

그나마 다행인 것은 아침저녁 드레싱을 안 해줘도 될 만큼 회복이 빨라서 아침 한 번이면 된다고 했다. 돌프 말이 맞았다.

동물로 시작된 이야기의 끝은 늘 슬프다. 엄마가 울면 아가가 더 아파한다고 울면 안 된다고 하는데 그 예쁜 눈만 보면 눈물만 난다.

풍뎅은 몽이가 좋아하는 것들을 적기 시작했다. 좋아했던 것들 다 먹이고 몽이가 그동안 좋아했던 곳들도 다 데리고 다니기로 했다.

〈몽이가 좋아하는 것〉
차창 밖을 처다보는 거(심하면 수십 분을 두 다리로 서서 밖을 본다.)
아빠 다리 사이에 누워 아빠 다리 베고 잠자기
안마의자 위에 올라앉아 있기
낙엽 물고 다니기
눈을 뭉쳐주면 파헤치기
꽃 물고 다니기
일광욕

온열기에 몸 지지기

온천하기

TV 보기

바닷가 여행

자기 다리 높이의 풀 속을 깡충거리면서 뛰어다니기

소파나 벽에 등 스치기

〈몽이가 좋아하는 음식〉

갓 지은 밥(밥을 해서 그릇에 덜기 시작하면 몽이와 쫑이는 갓 지은 밥을 달라고 옹기종기 풍뎅의 옆에 모여 앉는다.)

말랑~한 배

아빠가 먹는 과일. 예를 들면 자두, 멜론, 수박, 단 복숭아, 아침에 갈아주는 딸기 주스, 바나나, 망고, 푸룬 그리고 고구마도

계란, 고기 종류는 일단 환장함

강아지용 푸딩. 일본에서 사다 준 강아지용 와플, 강아지용 빵

하필이면 결석과 종양일까

돌프는 병력이 있었다. 결혼 전이 앓았던 대장암 하나와 현재 갖고 있는 몸 안의 돌멩이. 그걸 완치시키고 몽이는 떠나려나 보다. 세상에서 가장 사랑하는 아빠의 나쁜 것을 그 작은 몸 안에 자기가 다 짊어지고 그렇게 가려나 보다. 그들은 몽이에게 미안함이 커질 수밖에 없었다.

몽이를 위한 하루하루가 다시 시작됐다. 되도록 약속도 안 잡았다. 이해를 못 하는 사람들에게서 이해하기 힘들다는 말도 들었다. 이해는 못 할 수도 있다. 하지만 남의 집안 사정인데 그깟 점심식사나 저녁모임 좀 못 한다고 '에휴, 개는 왜 길러서'라는 위로를 빙자한, 속을 뒤집는 얘기는 할 필요 없지 않은가? 개를 왜 기르다니…. 이미 기르고 있는 사람에게 그런 말을 하면 갖다 버리라는 뜻인가? 가족으로 살다가 아프거나 병들거나 돈 들면 길로 내쳐 버리라는 말인가?

어차피 이해 따위는 바라지도 않는다. 풍뎅의 관심은 오로지 몽이 하나였다. 애견숍에서 몽이를 본 그 순간 운명처럼 끌렸고 가족이 된 것이었으니까.

〈사진 19〉 몽이의 마지막 아팠던 사진은 마음이 아파 올릴 수가 없다.
건강한 때의 몽이와 쫑이

개를 좋아하지 않던 돌프를 '개빠'로 만들어 버린 몽이. 몽이는 다른 때보다 아빠를 쳐다보고 있는 시간이 많아졌다. 아빠가 일을 하고 있으면 아빠의 책장 사이에 들어가서 아빠를 바라보고 있고, 아빠가 나가려 하면 기를 쓰고 따라 나가고 싶어 했다. 마치 얼마 남지 않은 동안 아빠를 머릿속에 확실히 넣어가고 싶은 듯했다.

몽이의 한쪽 눈이 조금씩 커지는 느낌이 들었다. 눈으로 확인되기 시작한 전이였다.

분명히 몽이 상태가 확실히 좋아졌다고 들었는데, 몽이 컨디션도 좋아 보였는데, 듣고 싶은 것만 들었나 보다. 마음속의 불안함을 애써 부정하는 하루하루였다.

PART 02

간절한 바람으로

1. 하늘로 보낸 풍뎅의 편지1

2009. 11. 6.(금)

몽아, 다 줄게. 못다한 사랑도 다 주고 맛있는 거 다 줄게. 네가 더 이상 아파서 못 먹게 됐을 그때 네가 나한테 주는 사인이라고 받아들일게. 너무 힘들면 아프지만 보내줄게. 그때까지 행복한 기억만 만들어 주고 싶어. 그 예쁜 얼굴에 어떻게 그런 끔찍한 게 생겼을까? 너무 미안한 마음밖에 없어. 아예 아무 수술도 시키지 말걸.

생각보다 흔하던데, 기적이란 거…. 혹시 너한테 생겨주지 않을까? 엄마가 정성을 들이면 혹시 나을 수도 있지 않을까?

그 쌤을 믿은 내가 미쳤지.

2009. 11. 7.(토)

몽아, 실밥 풀 때도 아팠지? 잘 참아줘서 고마워.

앞으로 처방식만 먹이는 건 엄마에겐 의미가 없어. 사는 동안 먹고 싶은 거 먹을 수 있을 때까지 다 먹여줄게. 닭가슴살, 홍삼, 프로폴리스, 사료, 배 잘게 썬 것…. 네가 너무 좋아하면서 먹는 걸 보니 더 마음이 아프다.

시한부라는 것을 알면서 시간을 보내는 것과 모르고 지내다가 갑자기 보내는 것. 어느 게 더 가슴 아플까?

첫 번째는 마음이 아픈 거고 두 번째는 후회를 많이 하는 것이겠지?

이젠 누구도 원망하지 않으려 해. 결석 수술도 급사하는 것을 막기 위한 최선이었다고 생각하기로 했어. 농양 제거 수술과 2차 수술도 최선이었다고 생각하기로 했고.

강해져야 하는데 너의 예쁜 눈만 보면 눈물이 난다. 몽아, 자꾸 울어서 미안해. 엄만 너무 아파. 왜 아픈지 왜 수술을 받았는지도 모르고 아픈 너를 봐도 아프고 형아만 쫓아다니는 쫑이를 봐도 아파.

강아지는 그 집의 병을 짊어지고, 우환을 갖고 나간다는 말이 맞는 거니? 자꾸 그 말이 마음에 남아. 친구네 집에서 키우던 강아지가 그 아빠가 앓으셨던 병을 앓고 먼저 세상을 떠났는데 아빠 괜찮으시다는 얘기를 들어서 더 그런가 봐. 그래서 더 마음이 아프다.

몽아, 내 큰아들.

사랑 많이 주고 남은 시간 같이해 줄게. 그러니까 제발 힘을 내줘.

엄마가 주는 음식들로 몸 안에 나쁜 거 만들지 말고. 좀 더 오래오래 건강하게 엄마 옆에 있어 줘. 엄마가 네게 해줄 수 있는 일은 그거밖에 없잖아.

정말 사랑해… 정말 사랑해…. 미안해 몽아.

2009. 11. 8.(일)

이해 못 하는 사람도 많겠지. 이해 따위는 바라지도 않겠지만 '개를 왜 길러서…' 따위의 말은 안 했음 좋겠어. 지금의 엄마한텐 사람들의 위로조차도 도움이 되지 않아.

내 몽이를 처음 봤던 그 순간, 우리는 운명이었던 거야. 오늘 너의 패딩 잠바를 주문했어. 어쩌면 올겨울밖에 못 입을지도 모르지만, 그걸 알면서 주문한다는 것, 약을 먹이면서 승강이를 하는 것, 그런 모든 것이 다 엄마에게는 소중한 아픔이야.

아빠는 네 앞에선 절대 울지 말라고 당부하는데, 너의 예쁜 눈을 보고 있으면 나도 모르게 자꾸 눈물이 난다. 예쁜 내 아가. 그 좋아하던 개껌도 씹지 못하게 이빨도 뽑히고 그 좋아하던 인형도 물고 놀수 없게 해서 미안해.

그래도 식욕이 있어 줘서 너무너무 고마워….

2009. 11. 9.(월)

몽아, 밤새 호흡이 힘들었어? 자주 깨서 힘들어하더라. 아픈지 입을 짭짭거리더라고. 이빨을 뽑은 부위가 시린 거니? 가끔 경련을 하면서 한쪽 입만 벌리는 걸 보니까 엄마도 같이 아픈 것 같아.

그래도 식욕이 있어 줘서 고맙고, 예쁘게 약도 잘 먹어 줘서 고맙다. 점점 호흡이 힘들어질까 봐 걱정이야.

오늘 마지막 드레싱이야. 한 번만 참아 줘. 앞으로는 절대 어떤 수술도 다른 검사도 안 시킬게.

등에 난 상처가 마음 아프다.

2009. 11. 10.(화)

흔히들 그런 말들을 해. 너무 예뻐서 하나님이 일찍 데려가시는 모양이라고. 그렇다면 신은 너무 이기적인 거 아닌가? 예쁘고 착한 애들을 항상 먼저 데려가셔서 옆에 둔다는 건?

한쪽 눈이 커질까 봐, 혹시 눈으로 퍼져서 돌출이 될까 봐 매일 너의 눈을 살펴. 어떤 때는 한쪽 눈이 커진 것 같아서 가슴이 내려앉는 매일매일이야. 제발 예쁜 너에게 더 이상의 힘든 일은 없었으면 좋겠어.

너의 눈은 너무 예쁘고 맑다.

오늘은 날은 추웠지만 좋은 하루였어. 너랑 남한산성을 갔을 때 세상에 나와 있다는 게 마냥 좋은지 킁킁거리며 돌아다니더라. 집에 가자고 끌어도 신이 나서 더 돌아다니고 싶어 했지? 네가 좋아하니까 엄마도 좋았어.

병원에서도 "몽이 상태가 너무 좋습니다. 수술 자리도 너무 잘 아물었고 그 자리에 새로 전이되는 것도 없고 입속에서도 더 이상 진행되지 않고 있습니다. 집에 있는 게 너무 좋은 모양이에요" 하는 말에

도 기분이 좋았고.

한 달 만에 제일 기분 좋았던 날이 오늘이야. 넌 의지가 강한 아이
니까 아빠랑 엄마랑 동생이랑 사는 이 집과의 인연을 쉽게 끊지 못
할, 아니 네 의지로 버텨서 쉽게 끊어버리지 않을 거라고, 제발 그럴
거라고 생각해.

2009. 11. 13.(금)

암이란 게 이런 거니?

엉덩이에 조그만 농양이 차서 조금 부풀어 있는데 심장이 쾅!

미용하고 난 상처로 발이 군데군데 고름이 잡힌 게 보이는데 또 한
번 쾅!

한쪽 눈도 조금 함몰되고 있더라. 아프지? 아가? 미안해서 어쩌니.

몽아, 엄마는 끝까지 너 안 놓을 건데. 우리 몽이, 엄마 놓을 자신
있어? 엄마는 그렇다 치고 너, 아빠 놓을 수 있니?

비가 오고 마음에도 비가 오는 것 같아.

그래도 채비를 해서 너랑 산책을 한 건 혹시 못 걸을 수도 있는 날
이 올 거 같아서야. 그날까지 몽이 좋아하는 거 다 해줘야 하는데, 마
음 약해지면 안 되는데, 자꾸 울어서 미안해.

2009. 11. 14.(토)

매일 너와 산책을 다니려 했는데 또 다른 발에 문제가 생겼더라.

흰 점 같은 게 몸에 나 있는 걸 봤어. 하루에도 몇 번씩 가슴이 오르내린다, 몽아.

밤이면 더 힘들고 아프지? 밤엔 네 호흡이 힘들더라고. 그래도 처음에 2년 이상 살 거라 했었으니까, 6개월은 오진일 거니까, 그리고 몽이니까 살 수 있을 거야.

몽이도 엄마도 약해지지 말기!!!!!!!!!

다행이다. 요즘 맑은 날이 별로 많지 않아서 날씨 땜에 우울한 걸로 할게.

2009. 11. 17.(화)

아침에 다리를 저는데 결석수술 때문에 다리에 힘을 못 받는 거 아니냐고 물어봤더니 관절염이거나 암의 전이일 뿐이라고, 결석과는 아무 관계가 없다는 거 들었지?

미용 후의 발 상처가 부어오르고 곪았다고 말했더니 그것도 결석과는 관계없다고 하는 거 너도 들었지?

한 번만이라도 수술 후의 부작용, 즉 수술 때문에 오는 전이라는 표현을 해 줬어도 이해하려 했어. 엄마는 그 의사가 이해도 안 되고 너무 화가 난다.

2009. 11. 19.(목)

몽아, 침을 많이 흘린다고 미안해하지 마. 네 입 안을 봤더니 종양이 자란 건지, 음식을 좀 씹게 해서인지 너무 부풀어 이젠 잇몸이 아니라 덩어리같이 돼 있더라. 다 엄마 잘못이야. 아프다고 깽깽대고 표현을 해 줘.

아빠는 너무 속상해서 앞으로는 키우는 강아지가 외과적인 이유가 아니면 절대 수술 안 시키겠다고 하더라. 2년 이상 살 수 있는 아이를 병신 만든 것 같다고 덧붙이면서.

몽아, 너무너무 미안해.

2009. 11. 20.(금)

어제 꿈에 엄마 입 안이 너무 아팠어. 아예 입을 벌릴 수도 없이 아팠어. 그리고 이가 하나씩 흔들렸어. 내 몽이가 그만큼 아프다는 것을 가르쳐 주고 싶었나 보다. 꿈이었는데도 아직 입이 얼얼해.

아가, 잇몸이 너무너무 부어올라서 입을 다물지 못하게 만들어 버렸네. 입을 못 다무니까 숨 쉬는 걸 편하게 쉬긴 하는데. 정말 빌어먹을 상황이야. 입이 안 다물어져서 숨쉬기 쉽다니. 대체 수술 전보다 나아진 게 하나도 없잖아.

빌어먹을! 빌어먹을! 빌어먹을! 엄마가 미친년이지. 그냥 그대로 아무 수술도 시키지 말걸. 잘해 준다고 했다가 전이만 빨라지게 만들었잖아.

아침을 먹이는데 너의 눈에 맑은 눈물이 고였다가 떨어지는 걸 봤어. 가슴이 찢어질 것 같고, 목구멍에 뭐 커다란 게 걸려 있는 것 같아.

112

그 눈물을 닦아주는데 피가 묻어나서 가슴이 또 한 번 '쿵!' 내려앉았어.

서두를게. 너랑 가려던 제주도도, 온천도, 호기심 많은 너에게 아직 보여주고 싶은 게 많아. 하루라도 빨리 네가 힘이 있을 때 데리고 다녀와야겠어.

2009. 11. 21.(토)

아가, 너무 아픈지 눈을 감지 못하고 자고 있네. 호흡이 힘든지 숨을 몰아쉬는데, 그것도 안 되니까 죽을 듯이 괴로워하는데, 안아주는 거 외에 엄마가 뭘 하면 좋을지, 어디가 어떻게 아픈지 꿈에서라도 얘기해 줄래?

이러다 그냥 너를 덧없이 잃게 될까 봐 겁이 나. 하루하루 무섭다.

2. 풍뎅의 일기

2009. 11. 22.(일) 00:04[비]

몽이와 쫑이를 데리고 인천대교를 다녀왔다. 몽이는 너무 좋은지 연신 창밖을 보았다. 평범한 일상인데 눈물이 났다. 길이 막혀서 2시간 반이나 걸린 동안 몽이는 거의 밖을 보고 있었다. 몽이는 보고 싶은 게 많은가 보다.

집에 오는 길에 아로마오일 유칼립투스를 사 왔다. 부디 몽이 호흡에 도움이 되길 빌면서. 다행히 조금 편하게 잔다.

2009. 11. 23.(월)

세상 밖을 늘 궁금해하는 몽이를 데리고 드라이브를 했다.

몽이는 계속 차 밖을 본다.

행동 하나하나가 다 안쓰럽다.

2009. 11. 24(화)

다른 한쪽 눈에도 눈곱이 낀다. 전이가 오는 모양이다. 그러다가

〈사진 20〉 2번째 수술 후 아픈 얼굴이지만, 저만해도 괜찮을 때였다. 햇볕도 쬐이면 안 된다고 해서 처음엔 저렇게 감싸고 다녔다. 쫑이 얼굴이 늘 더 슬펐다.

그 예쁜 눈이 안 보일까 봐 걱정이다. 그래서 밖에 나가면 어떻게든 밖을 보려고 안간힘을 쓰나?

몽이와 쫑이를 유모차에 태워 어린이 대공원에 갔다. 몽이는 너무 좋은지 우리를 이리저리 인도하면서 집에 오기 싫어 한다. 피곤할 텐데 역시 터미네이터 몽이.

몽아, 사랑해. 그리고 쫑아, 신경 못 써줘서 너무너무 미안해.

2009. 11. 25.(수)[비]

온천용 입욕제를 풀어놓고 목욕시키고 봤는데, 몽이 고추에 피가 맺혀 있었다. 또 한 번 가슴이 내려앉았다. 각오해야 한다고 다짐을 하면서도 매번 겁부터 난다.

초음파를 했다. 특별한 이상 소견은 안 보이지만 정확한 걸 알려면 주사를 꽂아서 소변을 빼 검사를 해봐야 한다는데…. 미쳤어? 애를 또 아프게 하게? 안 하겠다고 했다. 진통제와 호흡 약을 받아오면서 마음이 착잡했다.

이미 얼굴은 한눈에 알아볼 만큼 비대칭이 돼 버렸고 코는 더 안으로 들어갔다. 어쩌면 그래도 더 진행 안 되고 내 옆에 오래 있어 주지 않을까?

2009. 11. 27.(금)

밤에 여의도공원을 나갔다. 며칠 화장실을 못 가던 몽이가 밖에 나가서 걸어야만 장운동이 되는 모양이다.

모든 게 안쓰러운 녀석. 밖에 나가는 게 그리 좋은지, 그 아픈 피부를 갖고도 돌아다닌다. 어젯밤에 너무 헐떡거리던 녀석이 오늘은 잠을 잘 자 줄는지….

2009. 11. 29.(일)

우리는 몽이가 세상을 떠나면 속초 바다에 뿌려주기로 했었다. 하지만 아직 아가라, 겁이 많은 그 아이를 추운 바다에 뿌려 놓으면 너무 불쌍하지 않을까?

엔젤스톤을 만들어 보관했다가 열 살 될 때 속초 바다에 보내줄까? 아니면 쫑이 이담에 갈 때 같이 보내줄까? 어떻게 하지? 울 아가 불쌍해서 어떻게 보내지?

116

2009. 11. 30.(월)

걱정이 된 친구들과 제자들에게서 전화가 온다. 몽아, 그래도 넌 행복한 놈이야. 가족 외에 또 너를 마음 아파하면서 걱정해 주는 사람들이 많다는 거잖아.

몽이를 위해 이것저것 해줬다. 하지만 몽이는 아무것도 먹어주지 않는다. 많이 말랐다. 기운도 없어서 그저 늘어져 있다. 아마도 항생제 탓인 듯. 사람도 항생제를 많이 먹으면 식욕 감퇴에 구내염까지 온다던데.

하품을 하는 몽이 입천장에도 시커먼 종양이 자리를 잡았다. 그놈의 종양이 그 예쁜 아가의 입 속에서 대체 뭘 하는지. 그 아이를 통째로 삼키려는 건지….

수술시킨 것을 정말 후회한다. 몽이 보내고 나면 가장 미안할 일이겠지. 인터넷 사이트에서 암에 걸린 아가가 육회를 먹었다는 말 하나에 희망을 갖고 어젯밤엔 미친 듯 육회도 사 와 보고 설렁탕도 사 왔는데 입도 안 댄다.

이젠 어쩔 수 없이 주사기로 음식을 먹이기 시작해야 할 것 같다.

몽아, 먹어 줘. 속이 울렁거릴 거란 거 알아. 입이 너무 많이 아플 거라는 것도 알아. 그렇지만 조금이라도 엄마 옆에 더 살려면 받아먹어 줘. 최소한만 해줘.

2009. 12. 1.(화)

너무 다행이다. 몽이가 조금씩이지만 주사기로 주는 음식을 먹는다. 아침에는 바나나 간 것을 세 주사기 먹었다.

약 먹고 오후에 북엇국(강아지의 보약이라는 사이트의 글을 읽고)에 계란 노른자를 넣어서 네 주사기, 오후에 배 간 거 세 주사기, 저녁에 설렁탕 국물에 죽을 갈아서 치즈 넣은 것 세 주사기, 밤에 북엇국 세 주사기, 아가가 기운이 나는지 집안을 조금 돌아다닌다.

이만큼이면 조금 더 옆에 있어 줄 것도 같다. 고마워 몽아, 엄마가 만들어 주는 밥 하나도 못 먹이고 보내는 줄 알고 너무 속상했었어. 매일 이렇게 해줄게.

쫑아, 너무 신경 못 써서 미안해. 이해해 줄 거지?

2009. 12. 2.(수)

몽이 돌침대를 팔았다. 팔고 나니 조금은 후회도 된다. 그래도 사 가신 분이 보호소에 봉사도 다니시고 유기견 임시보호도 하시고, 그런 애들을 보내지 못하고 해서 열 마리나 기르시는 분이라 무척 다행이었다. 그래서 얘네 사료도 나눠 드렸다.

2009. 12. 3.(목)

몽이와 내일부터 속초여행을 간다.

아직 밥을 잘 먹지 못하고 화장실도 못 간다. 아가가 기운이 없다. 주사기로 겨우 먹였다. 그래도 영양식이어서 그런지 조금 나아 보인다.

2009. 12. 4.(금)

속초행. 몽이가 좋아하는 삼포바다 앞에 숙소를 잡고 밤에 도착했다. 너무 추워서 바다를 못 보고 들어왔다.

2009. 12. 5.(토)

너무너무 감사할 일이 생겼다. 몽이가 좋아하는 바다라 그런지 생기가 돈다. 바다를 제법 많이 걸어 다니다가 응가도 하고 자기 입으로 밥을 먹었다. 물론 고기만 먹었지만. 그래서 과일들은 주사기로 먹였다. 역시 여행이 체질인가 보다.

하지만 밤에는 역시 못 잔다. 너무 힘들어하면서 왔다 갔다 한다. 그래도 먹어 주고 움직여 줘서 너무너무 고맙고 기특하다.

경포대를 가서 한 번 더 돌리고 바다가 보이는 카페에 앉아서 커피를 마셨다. 고마워, 몽아.

2009. 12. 6.(일)

몽이가 바다를 좋아하긴 좋아하나 보다. 바다를 보면 물에 발을 담그고 싶어서 자꾸 물 쪽으로 가려 한다. 오늘도 기운이 난다. 밤새 뒤척이긴 했지만….

한우를 사다 구워 줬더니 얼굴을 박고 먹는다. 귀여운 녀석.

숙소를 옮겨서 애들 목욕을 시켰다. 몽이가 상쾌해한다. 이 녀석은 정말 그걸 느끼게 해준다.

2009. 12. 7.(월)

역시 고기를 구워 줬더니 먹는다. 다행이다. 연어도 구워 줬더니 먹는다. 너무너무 다행이다.

2009. 12. 8.(화)

몽이가 호흡이 너무너무 힘들어서 헐떡거린다. 생각보다 빨리 마음의 준비를 해야 하려나 보다.

이빨에 음식물이 끼어서 빼주려고 봤더니 윗니가 흔들거리는 거 같다. 어쩐지 씹는 걸 피하더라. 마음이 많이 아프다. 더 많이 안아줘야겠다.

화장실을 또 못 가고 오늘은 아예 물도 안 먹고 쉬야도 못 하고 헐떡거린다. 그래도 밖에 데리고 나갔더니 이 녀석. 신이 나서 돌아다니다가 응가를 했다. 다행이다.

2009. 12. 14.(월)

기적이란다. 몽이가 지금 살아 있느냐고 수의학회에서 물었단다. 이런….

할 말이 없다. 그렇게 심각한 거였구나. 6개월이 아니었구나. 그럼 기왕 2개월이었으면, 수술시키지 말지. 그것을 이제야 얘기하는 의도는 대체 뭔가?

수술 전날까지 뛰어다니던 그 아이가 지금 지렇게 돼 있는데, 처음부터 수술 말고 대체의학에 매달려 볼걸.

그냥 뛰어다니다 쓰러지는 게 나았을걸.

살려볼 거야. 더 할 수 있을 거야.

함량이 제일 높다는 프로폴리스를 샀다. 항암과 항산화에 통증 완화가 모르핀 수준이라는 글을 읽고 제일 좋다는 정제로 샀다.

2009. 12. 19.(토)

프로폴리스의 힘일까? 몽이 얼굴이 조금 예뻐졌다. 숨도 조금 괜찮아졌다.

날이 너무 추워 밖에 데리고 나가지 못해서 몽이의 배변이 힘들다. 그래도 목욕탕에 들어가면 욕조에 넣어 달라는 의사 표현을 하고 탕에 입욕제를 넣어주면 좋아한다. 몽이가 거부해서 평상시에 손도 못 대어 봤는데 목욕을 시키면서 만져보니 정수리와 이마에 혹이 잡힌다.

제발 프로폴리스가 아가에게 희망을 주기를….

2009. 12. 27.(일)

몽이처럼 하얀 눈이 펑펑 내렸다. 차창 밖으로 하염없이 눈을 보던 몽이. 프로폴리스도 공격적인 암을 감당하지 못하는지 다른 쪽 눈에도 피가 조금 난다. 눈곱도 끼고 조금만 단단해도 씹지 못한다. 이젠 거의 못 씹는다는 표현이 맞는다.

몽이가 먹는 리마딜이 얼마나 부작용이 있는지 알 수 없다. 관절 진통제라는데, 원래는 사람용으로 나왔다가 부작용이 심해서 동물용으로 바꾼 것이라고…. 그럼 동물은 먹여도 되는 건지….

대체의학을 믿고 싶었지만, 프로폴리스와 홍삼이 얼마나 암을 버텨 줄지는 모른다. 사실 오늘처럼 아이가 절망스러울 때는 다 끊고 아가가 좋아하는 것들만 먹여 주고 싶다.

몽이가 하염없이 눈을 본다. 어제도 늘어져 있다가 아빠의 "나가자"라는 한마디에 벌떡 일어나서 나갈 준비를 하고 현관에 앉아 기다리던 가여운 녀석.

그 좋아하는 바깥세상을 한 번이라도 더 보고 싶은 걸까, 아니면 자기가 사랑해 마지않는 아빠와 조금이라도 더 같이 있고 싶어서일까.

3일 전부터 몽이가 좋지 않다. 오늘은 호흡도 많이 힘들고, 얼굴이 더 부었다. 어쩌지? 난 아무 준비도 안 됐는데….

호박죽을 끓였다. '부기를 혹시 조금이라도 빠지게 할 수 있을까' 하는 간절한 마음으로.

녀석은 아무것도 안 먹더니 아빠가 칭찬하는 소리에 아빠 앞에서만 보란 듯이 닭가슴살을 먹었다. 그 좋아하는 아빠는 어떻게 놓고 가려고.

길게 살아 달라고 붙잡지 않을게. 제발 사는 동안 힘차게 즐겁게 살다 가줘. 안 그러면 네가 너무 가엾잖아.

2010. 1. 2.(토)

몽이의 옛날 사진을 봤다. 그렇게 활기차던 녀석이 지금 이 상태가 돼 버렸다. 눈이 정말 예쁜 아이였는데.

한 가지 소원이 생겼다. 한 번만 옛날처럼 몽이가 눈을 크게 뜨고 깡충거리며 뛰어다니는 모습을 보는 것.

불가능한 욕심이겠지. 목욕탕에 물 트는 소리를 듣고는 목욕탕 앞에서 대기하다가 못 기다리겠는지 탕 앞에 서서 두 발로 탕을 잡고 들여보내 달라고 한다. 탕에 넣어 줬더니 눈을 감고 편한 얼굴로 생각에 잠긴 아이. 정말 목욕을 좋아하는 깔끔한 내 아가 몽이.

2010. 1. 3.(일)

새해가 오면 달라질 줄 알았는데 몽이는 오늘 더 안 좋다. 한동안 좋아지는 듯 눈도 크게 뜨고 하더니 한쪽 눈 안에 흰 태 같은 게 끼어 있다.

오늘은 좋아하는 배를 먹다 말고 짭짭거리길래 입 안이 아픈가 했는데, 툭 뱉어내는 배 조각에 피가 잔뜩 묻어 있었다. 얼른 입을 봤더니 피가 가득하다.

123

몽아, 암도 고친다는 프로폴리스도 너의 공격적인 암에는 대항을 못 하는 거니?

2010. 1. 4.(월)

어제 피를 뱉어내고 나서 몽이는 계속 떤다. 떨면서도 자꾸만 베란다 쪽으로 가 웅크리고 있다. 자꾸 안 좋은 기분이 든다. 한쪽 눈은 거의 뜨지 못한다. 매일 열심히 호박죽에 북엇국과 소고기죽을 먹였는데도 자꾸 마른다.

프로폴리스의 힘에 매달려 보려고, 좋다는 프로폴리스는 죄다 사서 시간별로 먹이는데도 오늘 머리를 쓰다듬으려 만져 보니 하루 만에 혹이 자랐다. 이마에 혹도 자랐다.

아가는 어제보다 기운이 없는지 오늘은 아예 꼼짝 않고 누워만 있다. 가여워서 미치겠다. 불쌍한 내 새끼. 마음의 준비를 해야 하는 걸까.

몽아, 우리 살아 보자고 했잖아. 너도 살아 보려고 엄마가 주는 쓴 약들과 영양제들 다 잘 받아먹고 있잖아. 힘내 줘.

얼굴만 봐도 너무 마음이 아프다. 어떻게 해줘야 하지?

2010. 1. 6.(수)

몽이 눈 흰자위에 볼록한 무언가가 생겨서 아파한다. 혹이 난 게 스트레스가 되는지 계속 어딘가에 비벼댄다. 밤엔 입 안에서 많은 양의 피가 났다.

프로폴리스에 내 기도를 섞어 먹였다. 지성이면 감천이라는데, 빌어먹을…. 이 정도 정성이면 죽었던 놈도 돌아오겠구먼.

2010. 1. 7.(목)

아직도 깔끔한 내 몽이는 오줌판에 쉬야를 하고 나면 옆 오줌판에 가서 몇 번을 서성거리며 발을 닦고 들어와서 쉬를 한 곳을 닦아 달라고 가만히 서 있다.

정말 대단한 정신력의 아가. 깔끔한 큰아들.

2010. 1. 8.(금)

역시 기적은 아무한테나 오는 게 아니었다. 욕심이 과했던 걸까?

오늘 '한 달 반' 선고를 받았다. 그렇게 노력했건만, 그래도 정성이 부족했던 건가 보다. 적극적인 그놈의 암덩어리들을 더 이상 당해내지 못한다.

몽이 눈 흰자위가 더 튀어나와 얼마나 마음 졸였는지 모른다. 상처 투성이의 마음에 마구 소금이라도 갈기듯 의사쌤은 오늘이나 내일 눈자위가 터질 수 있다고, 놀라지 말라고 했다. 눈이 터지면 오히려 다행인 거란다. 그리고 너무 통증이 심할 거라고. 앞으로 한 달 반이라고 얘기는 했지만, 그 안에 너무 아파하면 결단을 내리라고 한다.

눈이 터지다니….

이미 그 눈은 시력을 잃은 지는 오래라고 했다. 그래도 그 나머지 눈으로 열심히 창밖을 보던 몽이. 하는 짓 하나하나 다 불쌍한 녀석.

너무 기운이 없어 늘어져 있길래 고기를 갈아 먹였더니 살려고 열심히 받아먹는다. 밤에 공원 가지고 몽이를 불렀더니 그 늘어져 있던 녀석이 나가겠다고 벌떡 일어선다.

여의도공원을 이렇게 추운 날 상큼한 걸음걸이로 돌아다니는 내 아들. 그렇게 산책이 좋은지. 눈물 나게 예쁜 내 아들.

2010. 1. 9.(토)

사랑해 몽아. 사랑해 내 아들. 짧게 살아도 좋으니까 제발 아프다 가지만 말아 줘. 네가 내게 준 많은 것들을 엄만 고마워하면서 살 수 있을 거 같아. 넌 그렇게 많은 걸 주기만 했는데 엄마는 주지 못해서 미안. 같이 아파주지 못해서 미안.

몽이가 엄마 강아지라 너무 다행이야. 사랑해 내 흰 몽이.

2010. 1. 10.(일)

참 희한하다. 아파서 늘어져 있다가도 밖에만 나가면 꼬리를 바짝 세우는 몽이. 목욕시켜 주면 너무 좋아하는 몽이. 목욕하자마자 늘 하던 것처럼 먹을 것을 달라는 표정이다. 주사기로 대충 먹이고 났는데 쫑이가 씹는 걸 가만히 바라보던 그 아이는 이빨이 없는데도 쫑이가 먹던 간식을 조금 씹어 넘겼다. 정말 대단한 정신력과 참을성의 소유자다.

하지만 오른쪽 눈에도 전이가 오는 듯 눈이 자꾸 옆으로 돌아가고 자꾸 충혈이 된다. 더 심해지기 전에 많이 보여 줘야 할 텐데.

몽아, 엄마 욕심일까? 조금만 더 살아 주면 안 될까? 엄마가 매일 매일 산책시켜 줄 수 있는데.

2010. 1. 11.(월. 아침)

이제는 다른 쪽 눈마저 안 보이는 듯 벽에 부딪친다. 믿을 수가 없다. 그 건강하던 아이가 불과 2개월 만에 저 상태가 되다니….

몽이이모가 잠시 산책시키러 몽이를 데리고 나가자 쫑이는 어디로 데려가느냐는 몸짓으로 안달을 하더니, 몽이가 들어올 때까지 현관에서 꼼짝을 하지 않는다.

산책을 다녀온 후 몽이 눈에서 피가 났다.

몽아 미안해. 곧 네가 가야 할 곳은 아픔도 고통도 없는 곳일 거야. 그때까지 잠시만, 조금만 더 엄마 곁에 있어 줘.

그래도 너무너무 다행이다. 며칠 뒤 바다를 볼 때까지는 완전히 시력을 잃지는 않을 것 같다. 조금 어둡겠지만 그 좋아하던 바다를 보고, 그러고 나서 안 보인다면 차라리 감사할 일이다.

이렇게 쓰고 있지만 사실 마음이 너무너무 아파 온다. 가슴에 뭔가 무거운 게 매달려 있는 것 같다.

2010. 1. 11.(월. 저녁 8시)

내 집에는 몽이가 무척이나 좋아하던 안마의자가 있었다. 쫑이는 한 번도 앉지 못했던, 마치 몽이를 위해 산 것 같던 안마의자가 오늘 드디어 팔렸다. 중고 사이트에 내어놓은 지 6개월여 만이다.

여태 한 번도 문의가 없었다. 가격 흥정은커녕 문의 메일조차 없던 그 의자가 흥정 메일도 문의전화도 없다가 오늘 별안간 팔려 버렸다.

그리고 그 의자가 팔리기 직전, 몽이는 희한하게도 잘 안 보이는 눈으로 그 의자에 앉고 싶어 했다. 아끼던 물건과 작별이라도 하듯이….

의자를 보러만 오겠다던 그 사람은 이미 용달까지 불러놓고 살 작정을 하고 왔었고, 몇 번의 얘기 끝에 갑작스럽게 가지고 가 버렸다.

그러고 나서 몽이는 시력을 잃었다. 마치 이야기를 맞춰서 그럴듯하게 개의 이야기를 쓰려는 것처럼 느낄 수도 있을 것 같다. 몽이는 내가 자기가 자주 앉아 있던 기억을 떠올리고 또 펑펑 울까 봐 염려했나 보다. 눈이 멀기 직전, 마지막으로 앉아 보고 자기의 물건을 다른 사람에게 내어줬다.

정말 몽이는 너무 많은 걸 주고 간다.

2010. 1. 13.(수) 00:57

몽이가 어둠에 갇혔다. 두 눈이 모두 안 보이게 된 가엾은 아가. 자기도 너무 당황했는지 겁이 나는 얼굴로 가만히 서 있다.

오눌 낮이나 돼야 아빠가 오는데 아빠 얼굴이나 보고 마지막으로 가는 바다를 보고 나서 그렇게 되기를 바랐는데.

2010. 1. 13.(수)

몽이가 자신을 포기한 것 같다. 안 보이는 것도 속상하고 그렇게 보고 싶던 아빠의 얼굴을 마지막으로 보지 못하고 눈이 멀어 버린 게 속상한지 아빠가 급히 지방에서 그 눈길을 헤치면서 달려왔는데도 뒤돌아서서 알은척을 안 한다.

〈사진 21〉 TV를 즐겨 보던 몽이

몽이와의 마지막 속초 여행

몽이는 마지막으로 눈에 담고 싶을 때 아빠가 없던 게 속상한 느낌이었다. 꼼짝하지 않고 같은 자리에 있던 몽이가 밤새도록 간호해 주면서 안아 주고 얘기해 주던 아빠에게 화를 풀었다. 처다보지도 않더니 아빠 옆으로 가서 가슴에 얼굴을 대고, 몸 한 부분을 아빠한테 꼭 붙이고 자기 시작했다.

하지만 눈이 멀어 버린 그때부터 몽이는 의기소침해졌다.

풍뎅은 '심봉사가 심청이를 보고 눈이 떴던 기적처럼 혹시 몽이도 그 좋아하던 바다를 보면 눈을 번쩍 뜰 수 있지 않을까?'라는 말도 안 되는 생각도 해봤다. 그래서 몽이가 파도소리라도 듣고 바다냄새라도 맡고 기운 냈으면 하는 마음으로 속초로 가자고 했다. 긴 시간이 아니어도, 아주 짧은 시간이어도 기적처럼 눈이 보여서 좋아하는 바다와 아빠 얼굴을 눈에 담았으면 좋겠다는 생각이 들어서다.

하지만 몽이는 그 좋아하던 바다를 봐도 의욕이 없었다. 눈이 안 보이는 게 무서운 듯 꼼짝하지 않았다. 먹는 것도 겨우 받아먹었다.

풍뎅과 돌프는 어쩌면 몽이가 "너무 아파하거나 힘들어하면 보내 주는 게 맞는 거 아닐까? 이번 여행 다녀와서도 조금 지켜보자. 너무 고통스러운데 참고 있는 것인지도 몰라"라고 했던 대화를 듣고 저러 는 건 아닌지 걱정이 됐다.

'이 바보 몽이! 네가 너무 아프고 너무 고통스러운데 억지로 참아 가면서 힘들지 말라는 말이지. 널 그만큼 사랑하니까. 엄마와 아빠가 널 잃을까 봐 너무 우니까 착한 네가 미안해져서 죽을 만큼 아픈 데 도 억지로 참고 버티고 있는 게 아닐까 걱정했던 거야. 우리는 네가 곁에 있고 싶어 한다면 절대 못 보내. 그러니까 포기하지 말아 줘. 어 쩌면 아직, 기적이란 게 있을 수도 있잖아.'

몽이는 여전히 잔뜩 겁이 난 얼굴이었지만 그래도 그들의 얘기를 듣고는 조금 용기가 났는지 몇 발짝 걸었다.

몽이의 마지막 생일을 맞았다. 생일상을 차려주고 그들은 얼마나 사랑하는지에 대해 말해 주고, "네가 삶을 포기하지 않는다면 우리 도 너를 끝까지 포기 안 한다"고 다시 한번 말해 줬더니, 그 삼키기 힘든 목으로 잘게 잘라 준 고기를 받아먹었다. 거의 20일 만의 일이었다.

마치 기적이라도 만난 듯 그들은 좋아했다. 그 칭찬에 몽이도 열심히, 정말 열심히 먹어 줬다.

어떻게 이런 아이를 사랑하지 않을 수 있을까?

하지만 밤새 너무 아픈지 외마디 신음을 냈다. 풍뎅과 돌프는 아픈 아이에게 지나친 욕심을 내는 것은 아닌가 하는 생각도 들었다.

참 이상하다. 모든 일에 익숙해지는 게 사람인가 보다. 이젠 몽이의 입에 피가 나는 것도 익숙해지고 몽이가 힘들게 호흡하는 것도 익숙해진다. 그들은 7년을 같이 살면서 익숙하지 않았던 좋지 않은 것들이 단 두 달 만에 익숙해진다는 사실에 슬펐다.

몽이는 마치 점점 종점을 향해 달려가듯 악화돼 갔다.

몽이는 밤이 되면 더 힘들어했다. 고통이 풍뎅에게도 고스란히 느껴졌다. 잠을 한숨도 못 자고 이리저리 뒤척이다가 재채기를 하는데 피가 마구 튀어나왔다. 보다 못한 돌프가 조심스럽게 결심을 하라며 안락사 얘기를 꺼냈다.

풍뎅은 한참 멍하니 몽이를 봤다. 고통스러워하는 게 너무너무 애처로웠다. 그래서 다음주 중을 D데이로 잡자고 동의했다. 그 말을 들었나 보다. 그래서 서운했나 보다. 갑자기 몽이는 집을 이리저리 돌아다니면서 응가할 곳을 찾았다. 다급했는지 카펫에 조금 실수를 하고는 더 정신없이 돌아다니다 겨우 현관을 찾아내서 응가를 했다. 한 달 만에 가장 많이 걸었다. 그러고는 보란 듯이 밥을 너무 잘 받아먹었다. 개란 동물이 영물이라는 건 알았지만 그들의 '안락사' 얘기를 듣고 억지로 힘을 내는 것처럼 느껴졌다.

하지만 그 초인적인 힘도 하루가 더 지나자 사라졌다. 몽이는 당장이라도 세상을 떠날 듯이 심하게 헐떡거렸다. 풍뎅이 아프지 말라고 리마딜을 더 먹였는데, 그게 문제가 됐던 것 같았다. 다행히 약기운이 떨어지자 조금 안정이 된 몽이. 너무 기운이 없었다.

아플 걸 아는데도 풍뎅과 돌프 앞에서는 신음을 억지로 삼키는 듯 덜 아픈 척을 했다. '제발 남의 손에 나를 죽게 하지 말아 줘'라고 하는 듯이 느껴졌다. 그걸 풍뎅만 느낀 게 아니다. 돌프도 몽이이모도 똑같이 느꼈다. 그래서 안락사 얘기는 접어버리고 다시 살려 보기로 결심했다.

몽이가 발작을 심하게 하거나, 너무 아파서 비명을 지르거나, 눈이 튀어나오는 비상사태만 아니라면 절대 절대 보내지 않기로.

다음 날, 몽이는 또 희한한 짓을 했다. 사람이 오면 "왈!" 소리를 냈다. 이것도 며칠만인데 제자 하나가 몽이를 마지막으로 보겠다고 오자마자 5분 정도를 쉴 새 없이 짖었다. 아마 자기에게 인사를 하러 온 걸 아는 모양이었다. 아니면 자기가 곧 간다고 인사하는 거였던지.

그러고 나서 몽이는 다시 힘들어했다. 아예 약도 안 받아먹고 침을 질질 흘리고 금방이라도 숨을 거둘 것처럼 헐떡거리며 외마디 신음을 냈다.

'몽아, 너무 아파서 가고 싶은데 미안해서, 우리랑 있고 싶어서 억지로 참고 힘들어하지 않았으면 해. 엄마는 너 음식 만들고 주사기로 먹이고 약 먹이고 잠 못 자는 일이 하나도 힘들지 않아. 너를 보내줄까 했던 건 네가 너무 아파하니까 안쓰러워서 그런 거뿐이야. 근데 네 의지가 그렇다면 엄마 아빠는 억지로 널 보내지 않을 거야. 그러니까 아프지 말아 줘. 가야 할 때가 오면 자다가 안 아프게 떠나 줘. 그때까진 엄마가 더 열심히 돌봐줄게. 사랑한다, 내 아들.'

풍뎅은 몽이에게 다가가 진심을 전했다. 다음날, 몽이를 몽이이모한테 맡기고 일하러 나왔는데 몽이이모에게서 다급한 전화가 왔다. 모든 일정을 취소하고 집으로 달려갔다.

'제발 몽아! 기다려. 엄마 없을 때 가면 안 돼.'

급히 서둘러 집에 가는 동안 풍뎅의 속은 바짝바짝 타들어 갔다. 집으로 가는 30분이 그렇게 긴 시간일 수가 없었다. 5분에 한 번씩 전화를 걸어 몽이의 상태를 물었다. 풍뎅이 집에 도착하니 몽이는 거의 의식을 잃어가면서 숨을 몰아쉬고 있었다. 겨우 일으켜서 물을 좀 먹였더니 안정이 됐다. 하지만 곧 다시 숨이 거칠어지면서 의식이 없어지는지 그대로 머리에 유리창을 부딪치고도 못 느끼는 듯했다. 풍뎅도, 돌프도, 몽이이모도 오늘이나 내일일 것 같다고 느꼈다.

'그래서 그렇게 온 집 안을 안 보이는 눈으로 헤매고 다녔니? 다 기억해 두려고?'

좀 진정하나 싶더니 밤에는 호흡이 가빠서 고개를 들었다가 또 의식을 놓아버리고는 유리창에 머리를 부딪쳤다. 그 모습을 보며 풍뎅이 소리를 지르면서 울 때마다 몽이의 의식이 잠깐씩 돌아왔다.

하지만 풍뎅도, 돌프도, 몽이이모도 더 이상은 붙잡으면 안 된다는 걸 알았다. 보내야 할 때가 온 것이다. 아프지 않은 곳으로, 편하게 숨도 쉴 수 있고 맘껏 뛰어놀고 맘껏 먹을 수 있는 곳으로….

몽이는 자신이 가는 걸 알았는지 마치 인사라도 하듯 마지막 힘을 다해 아빠에게 얼굴을 비볐다. 그러고 나서 몽이는 편한 곳으로 갔다. 너무 빨리, 순식간에 몽이는 하늘나라로 갔다. 착한 녀석은 끝까지 아프다고 비명 한 번 지르지 않고 참고, 또 참다가 떠났다. 안심시키듯 평화로운 얼굴로….

풍뎅은 깨끗하게 보내주고 싶어서 지저분하던 눈곱이랑 코에 들러붙은 털을 물 묻혀서 정성껏 닦아 주고 빗질해 주고 아가 몸을 실로 오랜만에 천천히 다 쓸어 봤다.

너무 아파서 못 만지게 했던 얼굴과 눈 그리고 배. 혹이 얼굴 전체에 어마어마하게 퍼져 있었다. 반쯤 뜬 눈을 감겨 주고 싶어서 눈에 있던 딱지를 뗐는데 눈물이 주르르 흘러내렸다. 아마 몽이는 그동안 이렇게 울고 싶었었나 보다.

한 줌의 재가 돼서 나온 몽이는 얼굴뼈가 이마만 겨우 남아 있을 정도로 형체도 없이 녹아 있었다. 암이 너무 퍼져 뼈가 전부 녹아내린 것이리라. 그 얼굴로 주사기의 음식을 받아먹는 게 얼마나 아프고 힘들었을까? 힘들다는 내색 없이 그날 아침에도 풍뎅이 갈아준 오리고기, 닭고기, 소고기를 세 주사기쯤 먹고 물 조금 먹고 먼 길을 갔다.

'몽아, 미안해. 몽아, 정말 미안해. 먼저 보내서 미안하고 수술시켜서 전이가 빨라지게 해서 아픔만 주고 보내서 미안해.'

3. 하늘로 보낸 풍뎅의 편지2

2010. 1. 25.(월)

몽아, 오늘 엄마랑 아빠가 대청소를 했어. 네가 없는 집이 왜 그렇게 넓어 보이는지. 조그만 너 하나 없다고 집도 너무 크고 마음도 허전하다.

어제 괜찮아 보이던 쫑이는 오늘은 왠지 시무룩하고 자꾸 방에 틀어박혀. 너 보낸 지 하루밖에 안 지났는데 울면서도 음식이 입으로 꾸역꾸역 들어가더라. 참 웃기지?

갑자기 속초에 갔을 때 생각이 나. 맑은 하늘에 무지개가 떠 있고 구름이 너무 예쁘게, 마치 그림동화를 보듯 하늘이 장관을 이루고 있어서 아빠랑 엄마랑 몽이이모랑 탄성을 지르면서 눈 안 보이는 너를 들어서 "봐! 몽아" 했던 거.

아마 넌 우리한테 '곧 내가 저 무지개를 건너서 그림 같고 평화로운 곳으로 가요'라고 말해 준 것 같은 생각이 들었었지.

너는 언제부턴가 네가 빨리 간다는 걸 알았던 것 같아, 지금 생각해 보면. 매사 너무 적극적이었거든. 적극적으로 따라다니고 적극적으로 애정 표현도 하고 세상을 조금이라도 더 많이 보고 가고 싶어서 차 안에 있을 때도 하염없이 창밖을 보곤 했지.

아빠가 네 사진과 좋이 사진 모은 걸 노트북에 담아뒀어. 그리고 며칠째 거실에 두고 틀어놓고 있어. 어떨 때는 멍 하고 앉아서 그 사진들을 보고 있어. 전부다 꿈이 아닌가 하는 생각이 들 때도 있어. 엄마는 부엌에서 음식을 만들고 있을 때 가끔 무의식적으로 뒤를 돌아봐. 네가 엄마 뒤에 와서 뭔가를 달라고 쳐다보고 있을 것 같아서…. 아직은 네가 없는 게 너무 아프고 가슴이 저린다.

아가, 이젠 안 아프지? 가사상태에 빠져 있다가도 물을 먹이면서 울면 정신이 들곤 하던 가엾은 울 아가. 엄마가 "이젠 가도 좋아. 안 붙잡을게. 제발 아프지만 마" 했던 거 섭섭하지 않지?

엄마 아빠에게 끝까지 추한 모습 안 보이려고 애쓰던 너. 뼈도 없는 그 얼굴에 음식을 주려고 주사기를 갖다댔을 때 얼마나 아팠을까? 근데 한 번도 아프다고 소리 안 지르고 끝까지 엄마가 주는 거 받아먹어 준 우리 착한 아들. 얼굴 뼈가 전부 녹아버려서 이빨도 겨우 붙어 있었을 텐데. 얼굴이 얼마나 화끈거리고 쓰라렸을까?

가기 전날까지 발에 오줌을 안 묻히려고 쉬야 하고 나서 다른 데 발을 한 번 더 디뎌서 닦고 들어오던 너. 정말 그렇게 애쓰느라 네 몸이 더 힘들었을 거야….

이젠 숨도 잘 쉬어지지? 여기저기 잘 다니고 있지? 엄마는 한 번만 더 널 안고 네 얼굴에 뽀뽀해 주고 싶다. 너무 안아주고 싶다.

몽아, 자꾸 울어서 미안해. 엄마도 뭔가 느꼈던지 네 생일이면 항상 슬퍼했던 거 아니? 재작년 생일부터는 네가 나이 드는 게 엄마랑 헤어질 날이 가까워 오는 것 같아 슬프더라니….

조금 지나면 눈물이 안 나올 날이 오겠지?

〈사진 22〉 몽

4. 아가를 보내는 여행

1월 말, 너무 추워서 아가를 바다에 못 보낼 것 같아서 49재 때 보내 주기로 했다. 49재의 의미는 영혼이 49일 동안 이승을 여행하다 하늘로 들어가든지, 환생을 하는 때라고 해서다. 그때까지는 데리고 있고 싶었다. 하지만 몽이가 가고 3일째 되던 날, 몽이의 유골함을 지나가는데 오싹했다. 그 아이의 영혼이 갇혀 있는 게 갑갑하다고 놓아 달라고 하는 느낌이 들었다.

풍뎅이 가만히 생각해 봤다. 몽이가 가기 전날, 의식이 떠났다가도 풍뎅이 울면서 이름을 부르면 억지로 호흡을 하면서 의식이 돌아왔다는 기억이 났다.

'맞다. 몽이는 배려심이 많은 강아지라 아파도 엄마가 울어서 못 떠났었는데 지금도 엄마의 이기심은 아이 영혼까지 묶어 놓고 있구나.'

그런 생각이 들자 풍뎅은 몽이를 훨~훨~ 날아가게 하는 게 엄마의 도리라는 결론을 내리게 됐다. 풍뎅과 돌프가 속초 콘도에 도착한 게 오후 3시 반. 영상 11도. 1월인데 희한하게 따뜻했다. 마침 바람은 많이 불어서 아가가 멀리멀리 자유롭게 날아갈 수 있을 것 같았다.

그들은 짐 정리하고 4시 40분. 몽이 유골함과 몽이 저녁을 챙겨서 바다로 갔다. 바닷가에는 아무도 없었다. 바람이 너무 불어 향을 겨우 붙이고 몽이의 유골을 바다로 보냈다. 돌프가 큰 소리로 울면서 "몽아, 잘 가. 멀리멀리 안 아픈 곳으로 가"라고 했다.

'정말 몽이를 보내는구나. 이젠 보내야만 하는구나.'

날이 맑아서 다행이었다. 시야가 맑으니 안전하게 갈 수 있을 듯했다.

희한한 일이 생겼다

풍뎅은 몽이를 바다에 보내고 곧 몽이가 좋아하던 음식들을 보냈다. 그때 희한한 일이 생겼다. 풍뎅의 눈에 갑자기 바다에 몽이가 누워 있던 모양의 띠가 생긴 것이 보였다!

풍뎅은 자신만 본 건지 몰라서 또는 너무 몽이를 두고 소설을 쓰는 것 같아 그 띠를 가만히 보고 있었다. 속으로 '내가 이제 미쳤구나. 몽이 모양의 띠가 보이다니' 하고 있었다. 그때 돌프가 "자기야! 바다에 저 띠 좀 봐" 하는 것이었다.

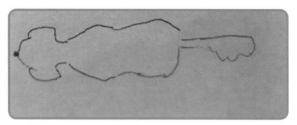

〈사진 23〉 몽이가 누워 있던 모양의 띠

분명히 저런 모양과 비슷한 모양의 띠였다. 물론 코나 귀가 저 그
림처럼 자세하진 않았다.

'나만 본 게 아니었네. 정말 몽이가 맞나봐.'

그 띠는 그들의 앞에서 시작돼 조금씩 조금씩 멀리 갔다. 작은 소
용돌이를 만들면서 사라지더니 다시 잠시 나타나서 또 멀리 가다가
사라졌다. 몽이가 인사를 하러 온 거라는 걸 그들은 알 수 있었다. 몽
이의 부모였으니까. 돌프가 울면서 소리쳤다.

"몽아. 멀리멀리 자유롭게 날아가고 몽이이모한테 꼭 들러서 인사하고 가라."

그다음 날 또 희한한 일이 생겼다. 풍뎅은 밤에 몽이의 발소리를
귀로 들었다. 쫑이는 풍뎅의 발치에서 자고 있었으니 쫑이는 분명 아
니었다. 잠시 후 이른 아침인데 몽이이모에게서 문자가 왔다.

'나 몽이 꿈 꿨다.'

몽이 이 녀석. 아빠가 몽이이모한테 들려서 꼭 인사하고 가라고 했다고 그 말을 들어주다니….

풍뎅은 본인도 어제 일이나 이 상황이 믿기지 않아 남들이 들으면 '강아지를 미화시키느라 이야기를 만들어 낸다고 하겠다'라고 생각하면서 몽이이모에게 전화를 했다. 너무 생생한 올 컬러 꿈이었단다.

"꿈에 내가 몽이를 계속 안고 있었어. 그래서 '이상하다. 몽이가 갔는데… 그럼 몽이가 간 게 아니고 쫑이가 갔나?' 그러고 있는데 저쪽에서 쫑이가 바퀴벌레처럼 이상하게 기어 오는 거야. 그래서 '아, 쫑이가 간 게 아니지? 몽이가 간 거 맞지?' 하면서 쫑이를 불렀어. 그제야 쫑이가 제대로 걸어오더라. 쫑이한테 신경 쓰느라 몽이를 놓쳤는데 몽이를 찾았더니 어느새 옷을 차려입은 몽이가 저쪽 계단 밑을 사람처럼 걸어서 내려가고 있었어. 두 발로. 우리가 사준 줄무늬 폴로 옷을 입고 한 손에는 자기 목줄을 들고 한 손에는 자기 담요 (몽이가 아플 때 계속 덮고 있던 파란 담요)를 들고 머리는 흰 것이 사람처럼 서서 걸어 내려가고 있더라고…. 그래서 '언니! 언니!! 몽이가 가 !!!' 하고 언니를 불렀는데 그러다가 깼어."

몽이는 마지막 아빠 부탁까지 다 들어주고 떠났다. 몽이이모에게 인사하라는 부탁까지도.

몽이를 보낸 이후로도 한동안 쫑이 녀석은 여전히 현관에서 몽이

142

를 기다렸다. 성격이 변해 버린 것 같았다. 음식에도 관심 없고, 현관 문이 열렸을 때 나간 형이니까 저 문이 열리면 다시 돌아올까 봐 하염없이 기다렸다. 이젠 쫑이가 걱정이었다.

5. 하늘로 보낸 풍뎅의 편지3

2010. 2. 24.(수)

몽아, 너 보내자마자 지나가다가 본 어느 애견숍에 너랑 똑같이 생긴 페키니즈 아가가 있었어. 그 애견숍은 심하게 지저분하더라. 큰 푸들 두 마리 사이에 꼬물이 하나가 달랑 있었는데 난 처음에 유기견을 데려다 놓은 줄 알았어. 주인은 자주 숍을 비워서 애들이 방치돼 있었고 청소 상태가 엉망이라서 입양할 강아지를 놓을 곳이 못 돼 보였거든.

맘이 쓰여 며칠 동안 그 애견숍 앞을 왔다 갔다 했는데(주인이 서너 시간은 나와 있을까?) 늘 불 꺼진 컴컴한 곳에서 그 페키니즈 아가는 내가 지나가기만 하면 점프를 하면서 날 보고 짖어. 그 모습이 '나 좀 데리고 가요' 하는 것 같았어. 그래서 오늘 일부러 들어가서 간식을 사면서 아가를 봤지.

" 쟤는 누구예요 ?"

그랬더니 입양 보낼 아가래. 헐! 그리고 그 작은 애를 커다란 푸들 두 마리랑 같은 케이지에 넣어 놓고 있더라. 며칠을 더 봤어. 늘 불 꺼진 애견숍. 그리고 날 데려가 달라고 필사적으로 어필하는 꼬물이.

오늘은 네 이모랑 들어가 봤어. 그 아이는 날 알아보는 듯 막 짖고 뛰어올랐어. **페키니즈는 자기가 주인을 알아본대.** 그리고 본인이 주인을 선택하기도 한대. 난 그 아이에게 이미 마음이 빼앗겨 있던 상태였지.

"그래서 한번 안아 봐도 될까요?" 했더니 우리한테 안겨 온 아가는 데려가 달라고 열심히 우리 얼굴에 뽀뽀를 해줬어. 그 아가를 놓고 나오는데 아가가 왜 자기를 안 데려 가느냐는 듯이 짖더라. 널 잊지 못해서 당분간 꼬물이 안 들이겠다는 결심도 어디론가 사라져 버리고 애견숍을 벗어나자마자 거기 열악한 환경이랑 너 닮은 눈이 잊어지지 않더라고. 그래서 서둘러 아빠한테 전화해서 얘기하고 꼬물이를 데려왔어.

근데 세상에… 아직 석 달 반밖에 안 된, 3차 접종만 막 끝낸 그 아가를 중성화 수술을 떡하니 시켜 놓고 넥 카라도 안 씌워 놓고 약도 안 먹이고 '파는' 거 있지? 그리고 실밥을 풀러 애견숍으로 오라는 거야. 병원이 아니라. 말이 되니? 어떻게 그런 상태에 있는 아가를 안 데려올 수 있겠니? 이해해 줄 수 있지?

요즘 일이 많이 바빠서 네 이모네 놓고 왔다가 밤에 이모네로 갔어. 아빠도 꼬물이('꼬마 뭉이'란 뜻으로 꼬뭉이라 지었어. 이름 예쁘지?) 보고 싶어서 이모 집에 같이 갔는데 꼬뭉이가 안경 쓴 낯선 남자인 아빠를 보고 기겁을 하면서 뒷걸음을 치는 거야. 순간 스쳐 간 생각이 애견숍의 주인 얼굴이었어. 안경 쓴 남자. 뭔가 좋지 않은 기억이 있었나 보더라. 당황해 하는 아빠한테 이모가 "술부가 너무 빨갛게 부었고 아파해요. 자꾸 핥는데 그냥 두면 안 될 거 같아요."라고 했어. 우리는 24시간 진료하는 병원을 찾아서 그곳으로 갔어.

"왜 애를 이렇게 방치했냐? 술부를 너무 핥아서 심하게 부어있다"고 하시면서 약 지어 주고 넥 카라 씌워 놓으라 하고 주사 놔주시더라고. 너무 화가 나더라. 그 애견숍.

그냥 됐거나 모르는 사람이 입양해 갔으면 꼬몽이는 패혈증에 걸렸을 거야. 눈에도 스크래치가 있는 거 같대.

꼬몽이는 거기서 나온 게 너무 좋은지 팔짝거리고 뛰어다니는데. 문제는 쫑이가 그 아가를 너무 싫어해.

몽아, 네가 말 좀 해줘. 엄마가 엄마 좋으려고 데려온 게 아니라고. 그러니 사이좋게 의지하고 지내 달라고 말이야.

참. 꼬몽이가 또 문제가 있어. 똥을 싸고는 바로 먹어버리는데 기겁을 했어. 애견숍에서 방치 되어 잘 못 먹고 살았던 건지, 그게 똥인지를 모르는 건지. 걱정이다.

엄마는 꼬몽이가 와도 쫑이가 있어도 엄마는 마음이 아직 시리다, 몽아.

참, 몽아. 이제부터 병원을 바꿔서 다른 데로 다녀. 널 아프게 했던 병원은 이제 가기 싫어. 24시간 하는 오늘 갔던 병원 쌤들이 너무 좋으시더라. 너도 여기로 다녔으면 좋았을 텐데.

2010. 3. 1.(월)

몽아, 꼬몽이 실밥을 풀러 갔어. 흰 가운 입은 의사쌤을 보고 기겁을 하고 나한테서 안 떨어지려 하는 거야. 그다음에 수술실에 들어가서 실밥을 풀려고 꼬몽이를 눕혔는데 너무 심한 비명을 질러대더라. 마치 살려달라는 것처럼 필사적으로… 의사쌤도 놀라셨어.

순간 스쳐 가는 생각이 애견숍에서 사비를 들여 수술을 시켰다는데, 혹시 마취 안 하고 쨴 거 아닌가 하는 생각이 들었어. 간혹 그런 병원이 있다는 걸 들은 적이 있거든.

집에 왔는데 돌아서서 빛의 속도로 똥을 먹어치우기 시작해. 그간의 훈련으로 조금 나아졌었는데 병원을 다녀오더니 다시 심해졌어. 뭔가 트라우마가 있는 것 같아. 그래서 애견숍에 전화해서 수술한 병원을 알려 달라고 했지. 악명 높은 서울 어느 지역에 있는 병원이었어. 그래서 그 병원에 전화해서 언제 어느 애견숍에서 수술한 페키니즈 기록을 갖고 있냐고 물었더니 "누가 애견숍에서 온 애들까지 기록을 남깁니까?" 하는 거야. 생명을 수술하면서 기록을 안 했냐고 했더니 없대. 할 말이 없더라. 꼬몽이가 더 불쌍해졌어.

2010. 3. 4.(목)

몽아…

네 착한 동생 쫑이는 네 말을 들어줬는지 꼬몽이를 조금씩 식구로 인정해 주는 거 같아. 물론 쫑이를 더 많이 예뻐해 주고 섭섭하지 않게 노력해 주고 있어.

꼬몽이를 보고 으르렁대도 서열정리 때문에 그런 거라고 쫑이를 야단치지 않기로 했어. 그저께 꼬몽이를 물길래 되게 때려줬거든. 그러고 났는데 쫑이가 우는 거야. 나도 쫑이를 끌어안고 한참 울었어.

당연히 쫑이는 꼬몽이를 못 받아들이겠지. 형아를 너무 좋아했는데 형아는 없어졌고, 겨우 적응할 만하니까 마음에 안 드는 꼬맹이가 와서 까불지…. 그래도 착한 네 동생 쫑이가 이제는 조금씩 아가를 인정해 주고 밥도 잘 먹기 시작했어.

고마워 몽아. 다 네 덕이야. 꼬몽이도 그런 환경서 데려온 거 잘한 거 같아. 사랑한다. 울 흰 몽이.

2011. 3. 7.(일)

몽아, 꼬몽이한테 야단 좀 쳐 줘. '꼬몽아! 으이구 이 녀석, 제발 똥 좀 먹지 마. 그리고 그 입으로 엄마를 핥지 마'라고….

2010. 3. 9.(화)

오늘 꼬몽이 첫 목욕을 했어. 물에 젖은 그 아가는 너무 애처로울 만큼 말랐더라. 병원에서도 심하게 말랐다고 좀 많이 먹이라고 할 정도야.

엄마가 사랑으로 감쌀게. 더 이상 아프고 힘들 일은 없도록. 쫑이가 이젠 꼬몽이에게 제법 많이 양보해 줘서 고마워. 기특하고 예뻐.

근데 꼬몽이 자식, 형아가 한 번 짖으면 세 번 네 번 대꾸를 한다. 그래서 오늘 바닥을 때리면서 야단을 쳤더니 내게도 으르렁거리면서 짖지 뭐니. 헐~~~ 완전 어이 털린다. 몽이 너 어릴 때랑 똑같아.

2010. 3. 14.(일)

몽이의 49재.

몽아, 엄마랑 아빠가 정성껏 준비한 음식 든든하게 잘 먹고 갔지? 오늘 속초 바다는 조금 춥긴 하더라. 그래도 오늘은 거기 여행하는 게 아니니까. 하나님한테 가서 얘기 듣고 사람으로 태어나거나 천국에 가는 날이니까. 그래도 마음이 편했어.

요즘 쫑이가 많이 살아났어. 온 집을 뛰어다니기도 하고 짖기도 해. 꼬몽이 데려올 수 있게 힘을 줘서 고마워. 오늘 아빠하고도 얘기했는데 네가 와서 엄마 아빠는 비로소 가족이 됐고, 엄마 아빠가 됐고, 서로가 더 소중하게 된 거야. 고마워 몽아.

이젠 슬퍼하지 않을게. 네 49재에 맞춰서 엄마는 10시간 꼬박 앨범 정리를 했어. 아직 네 사진을 보면 마음이 아프긴 하지만 소중한 추억으로 간직할게.

꼬몽이 너무 귀여워 죽겠어. 너 어렸을 때 했던 행동도 많이 하고 쪼끄만 게 크게 코를 골면서 자는 것도 그렇고. 덕분에 쫑이는 이젠 물도 많이 먹고 밥도 잘 먹어.

참 어제는 또 희한한 일이 있었어. 네 이모한테 쫑이를 맡기고 엄마 아빠만 너 보러 속초에 갔잖니? 뭘 알았는지 어젯밤부터 오늘 너를 보내는 의식을 하기까지 미친놈처럼 집을 뛰어다니더래. 혹시 쫑이한테 왔다 갔니? 걔가 널 보면 좋아서 그렇게 뛰곤 했잖아?

고맙고 또 고맙고, 많이 사랑해. 몽아!

2010. 3. 21.(일)

꼬몽이는 아직 쉬야를 못 가린다. 이젠 좀 적응된 줄 알았는데. 다시 아무 데나 쉬야를 한다. 얘가 어디 아픈 건지. 여전히 웅가를 먹으려 하고…. 기대가 컸던 걸까?

〈사진 24〉 발칙한 아가 꼬몽이

〈사진 25〉 이렇게 지내는 데 두 달은 걸렸던 것 같다

PART 03

지구 최악의 말썽꾸러기와
또 다른 하루가 시작되었다

1. 불가사리 꼬몽

풍뎅은 쫑이의 이빨을 닦인다고 새벽에 난리 치다가 치약 뚜껑을
바닥에 둔 것을 까먹었다. 그걸 꼬몽이가 낼름 입에 넣었는데 풍뎅이
"얘!" 하는 순간 삼켜 버렸다.

어쩌지?

풍뎅은 토하게 하려고 목구멍에 손을 넣었다. 하지만 소용없었다.
인터넷을 뒤졌더니 플라스틱은 소화가 절대 안 된다고 써 있었다. 풍
뎅의 마음은 다급해졌다. 밤에 들쳐업고 병원에 갔다.

의사쌤은 플라스틱은 엑스레이에 안 나온다고 하셨다. 특수촬영
비용도 비용이지만 일단 배설이 되는 게 관건이니까 2일쯤 약을 먹
으면서 지켜보자 했다. 그 전 병원 같으면 호들갑 떨면서 째고 보자
고 했을 텐데 여긴 지켜보자고 하셨다.

꼬몽의 몸무게는 1.88㎏. 선생님이 꼬몽이를 꼭~안고 제발 응가로
나오게 하라고 얘기해 줬다. 풍뎅의 마음에 그 선생님의 말씀이 가식
같이 느껴지지 않아서 너무 고마웠다.

풍뎅은 꼬몽이를 붙들고 얘기했다.

"제발, 꼬몽아. 엄마는 더 이상 수술시킬 자신이 없어. 수술시키는 게 너무 무섭다. 몽이처럼 될까 봐. 제발 부탁할게. 응가할 때 좀 더 힘을 줘."

그다음 날 꼬몽이가 아직 항체가 생기기 전이라 강아지 이동 가방(몽이가 어릴 때 쓰던)에 넣고 쫑이는 목줄을 매서 용산공원을 갔다. 출발할 때 열심히 풍뎅의 손을 핥던 꼬몽이가 산책이 끝날 때쯤 이상하게 잘 안 움직였다.

'속이 안 좋나? 오바이트하면 응급상황이랬는데, 배 째야 하는 거 아냐? 이런 꼬마를 어떻게 수술하지? 그러다 잘못되면 어쩌지?'

만감이 교차하고 있을 때 이상한 냄새가 나서 꼬몽이가 들어 있는 가방을 보니까, 속이 안 좋은지 잔뜩 오바이트를 해 놨다. 그래서 그걸 치우는데 '아~~싸!!' 꼬몽이가 삼킨 플라스틱 뚜껑이 나왔다. 풍뎅과 돌프는 환호성을 질렀다.

"꼬몽아, 수고했어. 사랑해. 사랑해."

그날 꼬몽이는 그들에게 엄청난 환대를 받았다.

'몽이가 잘 가렸으니 얼른 가리겠지' 하는 풍뎅의 성급함이 꼬몽이를 자꾸 야단치게 만들었다. 가만히 생각해 보니까 이제 겨우 한 달이다. 꼬몽이가 응가랑 쉬야를 잘 가린다고 속단하고는 베란다에만 패드를 놓아두고 아이를 혼냈던 사실이 미안해졌다.

아직 조그만 꼬몽이가 넓은 집 어디에 패드가 있는지 익히기도 전에 빨리 치워 버린 풍뎅의 행동이 성급했던 거다. 다시 여기저기 패드를 놓아 줬더니 꼬몽이는 패드에만 쉬야를 해 줬다. 기특했다.

다만 아직 응가를 먹는 거는 좀….

쫑이도 제발 마구 뛰어다니기도 하고 인형도 갖고 놀고 심술도 부리고 그랬으면 좋겠다. 형을 보낸 이후 성격이 너무 변해 버렸다. 그마저도 자기 탓인 것 같아 풍뎅은 미안했다. 착하기만 한 쫑이라 더 미안했다.

몽이는 이젠 여기를 잊고 어디선가 사람으로 태어날 준비를 하거나 천사가 됐을 거라 믿는다. 약속을 잘 지켜주는 아가였으니까.

똥 먹는 강아지는 처음이야

달라도 어쩜 그렇게 다를까. 정말 같은 페키니즈란 종이 맞는지. 어쩜 몽이는 보통의 개보단 좀 더 사람에 가까웠던 개가 아니었을까. 참을성 많고 엄마 아빠를 먼저 배려해 주고 목욕 좋아하던 깔끔이 몽이. 아팠을 때조차 쉬야를 발에 묻혀 들어오는 법이 없던 몽이를 봐서 그런지 풍뎅이 갖게 된 페키니즈에 대한 생각은 까탈스럽긴 하지만 모두 깔끔한 줄 알았다.

꼬몽이 놈은 한동안 고친 줄 알았는데 중성화 수술의 실밥을 풀기 위해 병원에 다녀오고 나서 다시 응가를 먹었다. 역시 뭔가 아기 때 병원에 대한 안 좋은 기억이 있나 보다.

요 머리 좋은 놈은 응가를 하고 나면 잽싸게 치우는 것을 아니까 응가하러 가서는 풍뎅이나 돌프를 찾는다. 혹 그들과 눈이 마주치면 마치 놀러 나간 모양으로 베란다에 털썩 눕거나 패드에 쉬야를 찔끔 지리고 들어온다. 마치 쉬야 때문에 나간 모양으로 위장하는 듯했다.

그러고는 독한 방귀를 뀌면서도 마루에 앉아 그들을 감시하다가 그들이 잠시 한눈을 팔면 잽싸게 나가서 응가를 함과 동시에 빛의 속도로 먹어 버렸다.

매일 그놈과 전쟁을 벌였다.

풍뎅은 몽이가 없는데도 그냥 살아간다. 몽이가 보고 싶은데도 그냥 살아간다. 때로는 그 아이를 잊기도 하고 그냥 살아간다. 하지만 그녀는 분득분득 몽이가 못 견디게 그립다.

풍뎅이 꼬몽이를 보면서 느낀 것은 정말 몽이처럼 그녀를 배려해 주는 강아지는 다시는 만나지 못할 듯하다는 거다.

어떤 날은 정말 몽이가 미치게 보고 싶은. 정말 미안한 것은 몽이 얼굴이 기억 안 나기 시작한다는 사실이다. 몽이가 옆에 있었던 게 실감이 안 난다. 그렇게 소중한 그녀의 몽이였는데도.

어느 날 풍뎅이 꼬몽이를 살피는데 꼬몽이 고추에 또 다른 수술의 흔적이 있었다. 도대체 이 작은 아이에게 무슨 일이 있었던 걸까. 중성화 수술은 그곳을 째는 게 아니라는 것쯤은 의학상식이 없는 풍뎅도 아는 것인데…. 꼬몽이를 데려온 그곳에서는 모르는 일이라 하는데…. 혹시라도 그곳을 쨌다면 잠복고환이라는 특이사항이 있을 때라고 한다. 그 어린 시기에 잠복고환을 꺼낸다? 더더군다나 그 상처가 이미 풍뎅이 데려올 때 아물어 있었다면 적어도 2개월 때 수술했다는 건가? 생각할수록 끔찍했다.

중성화도 5개월 이후에 시키는 게 좋은데, 아가는 항체가 생기기도 전인 3개월에 수술했었다. 왜 그래야만 했을까?

그래서 아가가 계속 고추를 병적으로 핥고 있는 건 아닐까?

또 그래서 의사 선생님만 보면 경기를 일으키고 정신병처럼 응가를 먹나?

모르고 있었는데 아가가 갑자기 크면서 수술 상처가 눈에 보인 것이다. 풍뎅은 그것도 모르고 응가를 먹는 것만 가지고 야단쳤던 거다.

대체 데려오기 전에 거기서 무슨 일이 있었던 걸까? 풍뎅은 많이 예뻐해 주고 많이 사랑해 주겠다고 또 결심했다.

'아픈 일은 잊어 아가.'

드디어 처음으로 네 식구가 같은 방에서 잠을 잘 수 있게 됐다. 이젠 꼬몽이가 쉬야를 완벽하게 가린다. 풍뎅과 돌프는 기분이 좋아서 고기를 구워 주고 파티를 했다.

하지만 가끔 풍뎅은 개시키를 입양한 게 아니라 쥐시키를 입양한 거 아닌가 하는 의구심이 든다. 꼬몽이는 소파 밑동이며, 책상 모서리며 죄다 갉아 놓는다. 심지어 몽이이모네 집에 가서는 아무 데서나 살 수도 없는 고급 악기 하프시코드에도 이빨 자국을 내서 자신의 흔적을 떡하니 남기고 오셨다.

2. 쫑이와 꼬몽이 이야기

꼬몽이는 3 kg이 훨씬 넘었다. 이젠 쉬야는 가린다. 하지만 그걸 가린다고 해야 하나? 패드 근처에 싸는 것을. 깨끗하지도 않은 눔이 패드에 조금이라도 쉬야 흔적이 있으면 패드에 쉬야를 안 하고 옆에 한다. 풍뎅은 '그나마 딴 곳에 안 하는 게 어디야?' 하는 마음이다.

눔은 애교도 짱이고 팔딱거리면서 뛰는 것도 넘 예쁘다. 근데 여전히 응가를 '처'먹는다. 약도 먹여 보고 배고파서 그러나 싶어서 밥도 많이 먹여 봤다. 그래도 '처'드신다. 개XX!

꼬몽이가 있던 환경을 아는 터라 풍뎅은 야단을 치다가도 불쌍했다. 하긴 똥만 먹는 게 아니다. 산책을 나가면 완전 뷔페식당 만나셨다. 바닥에 있는 모든 걸 집어 '처'드신다. 심지어 담배꽁초도 무신다.

풍뎅은 하나씩 고쳐주기로 했다. 버려진 기억이 있거나 못 먹었던 아이들은(인간도 그렇단다) 음식을 허겁지겁 먹거나 배가 불러도 먹어두는 습성이 있어서 살찌는 경우가 많다고 들었다.

꼬몽이에게 이 집에 먹을 게 떨어지지 않는다는 것을, 그리고 전투적으로 안 먹어도 될 만큼 풍족하게 준다는 걸 알려 줄 필요가 있었다.

밥을 잔뜩 쌓아서 꼬몽에게 줬다. 꼬몽은 그걸 허겁지겁 다 먹었다. 또 쌓아 줬다. 또 다 먹더니 토하기 시작했다. 또 쌓아 줬다. 돌프는 집 안도 더럽고 애가 탈 날지도 모르는데 무슨 짓이냐고 화를 냈다.

풍뎅은 "애가 불쌍해서 안 되겠어. 이것도 훈련이니 나한테 맡겨 줘"라고 했다. 혹시라도 탈이 날까 봐 병원에 "심야에 들쳐업고 갈지도 모른다"고 얘기까지 해두고 훈련을 시켰다. 그녀는 먼저 꼬몽이의 정신 안정이 중요하다고 생각했다. 이걸 고쳐야 똥 먹는 것을 고쳐 나갈 수 있을 것이라고 판단했다.

이틀을 먹고 토하고 먹고 토하고 하더니 밥을 남기기 시작했다. 허겁지겁도 조금씩 사라졌다.

똥과의 전쟁을 선포하다

이젠 똥이다. 앞에도 언급했지만 이 여우시키는 풍뎅과 돌프가 볼 때는 응가를 절대 안 했다. 응가하러 베란다에 나가서도 그들이 보면 놀러 나간 양 패드 위에 앉아 놀거나 그냥 들어와 버린다. 그래서 열심히 응꼬 마사지도 해주곤 했는데, 아팠는지 성질을 부렸다.

그리고 감시가 소홀해진 틈을 타서 싸고, 잽싸게 드시고 해맑게 뛰어 들어온다. 똥에 타바스코를 뿌리면 매워서 못 먹는다고 하는 얘기를 듣고 풍뎅은 실험해 봤다. 온 집 안에 똥과 합쳐진 요상한 매운 냄새가 진동했다. 꼬몽이는 입을 댔다가 매운지 혀를 낼름거리더니 그 주위를 뱅뱅 돌면서 짖었다.

그 실험은 풍뎅의 패배로 끝났다. 3일 정도 타바스코와 똥의 환상적인 냄새를 맡고 나니 속이 울렁거려서 더는 할 수가 없었다. 그렇게 좋아하던 타바스코를 10년여를 못 먹게 된 이유도 그 때문이었다. 타바스코를 보면 묘하게 떠오르는 그 냄새 때문에….

강아지는 신 것을 싫어한다고 했다. 혹자는 똥에 식초를 뿌리면 못 먹는다고 했다. 다시 실험에 들어갔다. 똥과 식초의 절묘한 냄새도 역기기는 매한가지였다. 이놈은 한술 더 떴다. 풍뎅과 돌프가 몰래 지켜보고 있었더니 식초 주위를 뱅뱅 돌면서 똥을 보고 짖다가 급기야 발로 살살 똥을 건지고 계시는 거다. 이 작전도 실패였다.

똥 먹는 걸 처음 봤지만 그 이유로 파양된 아이들의 예를 너무 많이 봤기 때문에, 그리고 고쳐 주면 되지 그게 파양의 이유는 되지 않기 때문에, 그들은 다시 머리를 써야 했다.

강아지가 똥을 먹는 이유는 여러 가지이고 흔한 증세다

- 스트레스
- 트라우마
- 어린 시절, 똥 쌀 때 너무 혼난 경우엔 혼나지 않으려고 먹어서 없애는 경우가 있다고 한다.
- 먹을 걸 너무 안 줘도 그럴 수 있다고 한다. 특히 애견숍에 있는 아이의 경우, 우리나라 사람들이 입양하는 아이가 큰 걸 원하지 않기 때문에 최소한으로 먹이는 경우가 많다고 한다. 특히 한때 유행했던 티컵 강아지는 학대의 전형이다. 티컵이라는 종류는

인간의 무자비한 욕심으로 만들어지는 것이다. 아기 때부터 죽지 않을 만큼의 양, 때로는 입에 우유를 바르기만 하는 정도의 소량을 먹여 영양실조에 가까운 티컵 괴물을 만들어 내는 거란다.

- 또 아가들은 소화가 안 된 상태로 변을 보는 경우 사료인 줄 알고 먹기도 한단다.

꼬몽이도 영양실조에 걸린 아이처럼 뼈가 앙상하게 드러나 있는 정도였기 때문에 아마도 먹는 것에 한이 있어서 먹어치우는 것이리라. 그것도 아니면 아팠던 기억 때문에….

생각을 하면 할수록 꼬몽이가 불쌍했다. 그래도 건강에도 안 좋고 같이 살아야 하니 고쳐야 했다. 그래서 약도 먹여 보고 붙들고 울어도 보고 때려도 보고 통사정도 해봤다. 다 소용없으니 이제 방법은 한 가지밖에 없다. 한두 달이라도 꼬몽이 옆에 감시태세로 대기해서 잽싸게 치우고 대신 칭찬하고 먹을 걸 주는 방법.

한동안은 쳐다보면 응가를 안 하고 들어오더니 계속 지켜보고 있으니까 포기를 한 건지, 참다 참다 급했는지 어쩔 수 없이 그들이 볼 때 응가를 할 수밖에 없는 상황이 됐다. '그런데 꼬몽이에게 어마어마한 칭찬과 먹을 것이 상으로 주어진다. 꼬몽이는 조금씩 그 상에 익숙해져 갔다…'라고 쓰고 싶지만 그 과정이 1년도 넘게 걸렸다. 병원만 다녀오면 어김없이 되풀이되는 행동. 포기해야 하나?

그러던 어느 날, 꼬몽이가 마구 짖었다. 풍뎅이 나가 봤는데 꼬몽이가 의기양양하게 똥 옆에서 짖고 있었다. 그 조그만 몸통에서 어떻게 저런 큰 것이 나올 수 있었는지 놀랍기만 했다. 한마디로 똥을 눈 것이 아니라 '낳은' 것이다. 풍뎅이 돌프를 불렀다.

"나와 봐! 꼬몽이가 칭찬해 달래. 똥을 낳았어."

꼬몽이의 표정은 '엄마! 아빠! 이거 봐! 엄마, 아빠가 좋아하는 거 했어. 나 먹을 거 줘' 하는 듯 의기양양했다.
돌프는 웃으며 꼬몽이를 안고 머리를 쓰다듬어줬다.

"장하다. 꼬몽이. 순산 한 거지?"

꼬몽이는 그들의 칭찬을 한 몸에 받고는 부엌에 간식을 둔 곳으로 뛰어갔다.
'이제 응가를 안 먹으면 칭찬과 보상을 받는 다는 걸 알아 가는구나.'
그 이후부터 조금씩 식분증(똥을 먹는 일)이 사라져 갔다. 이 전쟁은 풍뎅의 승리였다.
하지만 어쩌면 여우 꼬몽이의 의도대로 풍뎅이 조종된 건 아닐까 하는 의구심을 떨치기 어렵다.

꼬몽이는 시간이 참 정확하다. 자야 할 시간이 많이 지나도록 풍뎅과 돌프가 마루에서 TV를 시청하고 있으면 안방에 들어가서 고개를 빼꼼 내밀고 짖는다. 마치 '어이~ 집사들, 이제 잘 시간이야' 하는 듯하다. 아침에도 밥 먹을 시간이면 침대에서 소심하게 '합~아르르. 합'으로 시작한다. 그래도 엄마 아빠가 잠을 안 깨면 본격적으로 짖거나 묘하게 거슬리는 소리를 낸다.

아무리 자려고 해도 그 소리가 거슬려서 도저히 잘 수가 없다. 차라리 밥을 주고 자는 게 낫다. 풍뎅은 벌떡 일어난다. 그러고는 "에이 새끼야. 네가 갑이다" 하면서 밥을 주게 된다.

꼬몽이는 또라이지만 시도 때도 없이 무는 경우가 없는 강아지는 아니다. 자신의 규칙이 있다. 자신이 휴식을 취하시러 집에 들어갔을 때 그 집 안으로 손을 넣으면 안 된다.

'호젓이 쉬려는데 감히 방해를 해?' 하는 듯하다. 자신만의 독립 공간은 인정해 달라는 거다.

〈사진 26〉 돌프가 그린 꼬몽이

〈사진 27〉 어느새 같은 곳을 보기 시작한 쫑이와 꼬몽이

꼬몽이의 종교는?

꼬몽이는 알 수 없는 의식 행위를 한다. 사이즈가 조금 작은 간식을 주면 원킬! 한 번에 입에서 목구멍까지 '순삭(순간 사라짐)'해 버린다. 그런데 조금 큰 사이즈의 먹이를 주면 물고 한구석으로 가서 정성을 들여 의식을 치른다. 의식의 행위는 사뭇 진지하고 정열적이다. 먹이를 물어 가운데 놓고 그 주위를 뱅뱅 돌면서 짖는다. 그리고 살짝 물었다 다시 놓고 또 한 차례 의식을 치르는데 그 모양이 흡사 '잡귀야 물러가라' 하는 것 같다. 부정 탄 것들을 모두 제거한 느낌이 들면 그제야 조용히 그 간식을 드신다.

풍뎅과 돌프는 그 모양을 보고 "저거 기독교도 불교도 아닌 것 같아. 토테미즘인가? 춤사위가 좀 원시적이지?"라고 하면서 부모와 다른 그 아이만의 종교를 인정해 주기로 했다.

밤 주으러 캠핑 도전. 풍뎅 부부의 뻘짓 시리즈

2010년 9월 말. 아직 낮에는 햇살이 따가웠다. 풍뎅 부부는 가을 여행으로 캠핑을 가기로 했다. 돌프가 텐트를 사들인 것이다. 이번 텐트는 전의 원터치와 다르게 뭔가가 많다. 전부 차에 싣고 밤 줍는 캠프를 떠났다.

이번 야영지는 농원인데 입장료를 받고 밤을 맘대로 따거나 주워 가도록 돼 있는 곳이었다. 아가들과 뛰어다니면서 따뜻한 햇살을 즐기며 밤을 주웠다. 떨어져 있는 밤을 양발로 살짝 벌리면 만질만질한 예쁜 밤들이 나왔다. 나무를 흔들어 밤이 뚝 떨어지는데, 신기했던

〈사진 28〉 캠핑을 떠나다

꼬몽이가 그걸 냉큼 입으로 물려다가 따가웠는지 밤이 떨어지면 슬슬 피했다.

저녁을 해 먹고 하늘을 보니 별이 예뻤다. 그들은 와인을 한 잔 두 잔 마시면서 이야기를 시작했다. 하지만 밤이 깊을수록 이가 덜덜 떨렸다. 기온이 점점 내려가는 모양이었다. 수년 전, 정동진의 악몽이 떠올랐다. 마침 매점에서 장작을 팔기에 사다가 불을 피우면서 몸을 녹였다. 하지만 추워서 잠자는 게 걱정이었다. 그전에는 왜 야영을 할 때 전기와 난방기가 필요한지 몰랐다.

잠이 쏟아졌다. 하지만 추운 데서 잤다가는 '백 퍼 감기 걸릴 각'이었다. 풍뎅은 돌프를 원망하면서 "추운 데서 자면 입 돌아간다는데,

입 돌아가면 당신 때문이야" 하고 아가들을 끌어안고 잠을 청했다. 돌프가 차에 갖고 있던 담요며 옷을 죄다 꺼내 덮어줬나 보다.

아침을 먹으라고 깨우던 돌프가 풍뎅의 얼굴을 보면서 "어? 입 안 돌아갔네"라고 했다. 그러면서 "야, 이 자식아! 너 하나 살린다고 옷이랑 죄다 덮어주고 난 모닥불 앞에서 개 떨듯이 떨면서 밤새웠잖아."라고 타박을 했다.

어째 춥지 않게 달게 잔 느낌이 들더라니.

이놈아 엄마 얼굴에 뱉으면 어떻게 해

꼬몽이하고도 여행을 많이 다녔다. 쫑이가 처음 여행에 멀미를 많이 했듯이 꼬몽이도 처음에는 익숙하지 않았다. 꼭 한 번씩 토했다. 달리고 있는데 비둘기처럼 고개를 위아래로 움직이며 "우옥, 우옥~" 하기 시작하면 길에 차를 세울 수도 없고, 옷에 하게 할 수도 없어 바닥에 두면 발 매트에 토했다. 그 냄새란…. 고 작은 놈이 어째 그런 흉측한 냄새를 뱉어 놓는지.

한번은 주유소에 차를 세우고 주유를 할 때였다. 마침 화장실에 가려고 벨트를 풀었는데 꼬몽이가 "우옥, 우옥~"을 시작했다. 화장실 가서 하게 하려고 꼬몽이를 든 순간 "웩~" 정면으로 풍뎅의 얼굴에 그놈의 토사물이 쏟아졌다. 욕을 하고 싶은데 욕을 하려고 입을 벌리면 입으로 들어갈까 봐 욕도 못 하고 얼굴을 하늘로 치켜든 채 화장실로 향했다. 아무리 씻고 비누로 박박 닦아도 냄새가 밴 느낌을 지우지 못했다. 그날 저녁까지 식욕이 싹 사라져 버렸다.

개자식.

둘의 유혈사태로 꼬몽이의 이가 뽑히다

참 희한하게 쫑이는 꼬몽이를 의지하면서도 절대 같이 안 놀아준다. 꼬몽이가 인형을 물고 와도 안 놀아준다. 둘은 몽이와 쫑이처럼 몸을 붙이고 같은 방석에 앉는 일도 드물다. 아직 낯선가?

쫑이는 뒤끝이 강하지는 않다. 하지만 꼬몽이는 뒤끝 작렬이다. 기억력도 쩐다. 쫑이는 아주 좋아하는 간식이 아니면 방석에 그냥 두고 잊어버릴 때도 있다. 꼬몽이는 형아가 묻어둔 간식도 절대 잊는 법이 없다.

밤에 방에 들어가서 자자는 풍뎅과 돌프의 말이 "아이~ 따뜻해"이다. '개린이'들의 입양 시기는 전부 겨울이어서 추우니 들어가자는 말이 들어가 자자는 용어가 돼 버렸다.

"아이~ 따뜻해" 하면 쫑이가 늘 설레발을 친다. 먼저 들어가서 꼬리를 흔들고 올려달라는 눈빛을 보낸다. 하지만 쫑이가 방석에 묻어둔 간식이 있는 날은 꼬몽이가 더 서둘러 방으로 들어가며 형을 유인한다. 형이 방에 발을 들이는 순간 꼬몽이는 쏜살같이 튀어나가 형이 잊어버린 간식을 드시고 들어온다.

그렇게 끝나면 좋은데 혹시라도 쫑이가 다시 꼬몽이를 따라 나가 자기가 잊어버린 간식을 훔쳐 먹는 걸 목격하게 되면 유혈사태가 벌어진다. 사나운 맹수의 본성을 사람과 살면서 어찌어찌 묻고 살다가 그런 순간 터져 버리나 보다. 미처 손쓸 사이도 없이 대판 붙는다. 아무리 떼어내도 물고 안 놓는다.

그날도 그래서 어쩔 수 없이 쫑이를 들어올렸는데 심히 꽉 물고 있었는지 꼬몽이가 조금 딸려 올라오다 떨어졌고 둘의 싸움은 끝났다. 둘은 분이 안 풀렸는지 서로를 향해 으르렁댔다.

잠시 후 아이들을 봤는데 가관이었다. 쫑이는 눈 주위와 등짝에 피가 있고, 꼬몽이는 입술에 피가 있었다. 닦아 주면서 보니 꼬몽이가 입을 못 만지게 했다. 헐랭~ 꼬몽이의 가운데 아랫니가 누워 있었다.

들쳐업고 병원으로 뛰었다(병원이 24시간 진료라 이럴 때 좋다). 가로 누운 이빨을 발치하고 그날의 유혈사태는 끝났다.

천자문도 뗄 수 있었을 거야

위의 이야기처럼 꼬몽이는 뒤끝도 작렬이고 기억력도 좋다. 그리고 따로 안 가르쳤는데 말을 심하게 잘 알아듣는다. 말대꾸도 많이 하고 표현도 많이 한다. 호기심도 많다. 서열도 잘 안다. 일 년에 한두 번의 유혈사태 외엔 형에게 덤비는 일은 없다. 가령 새집을 사 왔을 땐 꼭 꼬몽이를 그 집에 먼저 넣어야 한다. 만일 형이 그 집을 먼저 들어가면 그 집은 형의 전용 공간이 되기 때문이다. 꼬몽이가 먼저 들어가게 되면 둘의 공용 공간이 된다.

쫑이가 먼저 들어간 집에 꼬몽이를 넣으려고 하면 무슨 큰일이나 나는 것처럼 기겁을 하고 그 집에서 나온다. 풍뎅은 '저 얌전해 보이는 쫑이가 혹 우리가 나간 다음에 얼차려나 원산폭격을 시키는 건 아닐까?' 하는 생각이 들었다. 참 희한하게도 늘 그랬다.

꼬몽이는 물이 더러우면 갈아 달라고 쫓아와서 잔소리를 한다. 하지만 물을 더럽히는 건 늘 꼬몽이다. 얼굴이 평면인 구조 때문에 얼굴을 반 담그고 물을 마실 때가 많은데 그때 입가의 음식물도 빠지고 눈곱도 빠진다. 한마디로 개더럽다. 자기도 그걸 아는 모양이다. 한번 먹고 나서는 그 물을 보면 기도 안 찬가 보다. 그러면 풍뎅이든 돌프든 보이는 대로 쫓아가서 짖고 자기 물통으로 유인한다. 그들이 물통으로 가면 꼬몽이는 정수기 쪽으로 가 두 발로 서서 정수기를 보며 짖는다.

하루는 몽이이모네 집에 맡겼는데, 그 조금 전 정수기 위치를 바꿨다는 몽이이모로부터 "이 시키, 정수기 위치부터 찾아내더라"라는 톡이 왔다. 개를 개답게 키운다고 아무것도 안 가르쳤는데, "엄마한테 가" "아빠한테 가" "꼬몽이, 끈 어딨어? 나갈까?" 정도는 우습게 알아듣는다. 요즘 천재견들이 유튜브를 타고 조회수 수만 뷰를 넘기는 것을 보면서 몽이이모는 늘 그런다.

"얘 훈련 좀 시키지. 꼬몽이 머리로는 천자문도 뗐을 텐데."

몽이이모도 고슴도치에 팔불출 족속이다.

〈사진 29〉, 〈사진 30〉 돌프가 그린 꼬몽이. 항상 사람처럼 누워 거꾸로 보는 게 취미다

**얼짱 쫑이의 개태희(강아지계의 김태희) 프로젝트와 애견 박람회의
부작용**

쫑이는 참 예쁜 얼굴이다. 그런데 머리 묶는 걸 지나치게 싫어한다.
'남자인 나를 왜 이 꼴로 만드냐?'

미친 듯 반항하고는 머리를 마구 헝클어지도록 비벼서 정전기 덩
어리로 돌아다닌다. 그래도 한 번만 길러 묶어주고 싶었다. 엄마의
인형 놀이였다.

꼬몽이는 페키 특성상 머리를 길러 묶을 수 없었다. 마침 애견 박
람회가 열렸다. 풍뎅은 박람회에 가서 얼굴에 그릴 수 있는 펜을 사
왔다.

170

그 펜으로 꼬몽이의 눈썹을 그려줬는데….

망했다.

〈사진 31〉 펜으로 눈썹을 그렸는데….   〈사진 32〉 강아지계의 김태희
　　　　　꼬몽아 미안해　　　　　　　　　　(일명 개태희) 꽁

꼬몽이의 수술

꼬몽이가 두 살이 돼 가던 가을, 갑자기 "깽!" 소리를 내더니 걷지를 못했다. 슬개골 탈구였다. 몽이 이후 수술은 절대 안 된다던 돌프와 풍뎅이었지만 평생 못 걸으면 안 되니 어쩔 수 없는 특수 상황이었다.

수술을 시켰다. 보호자가 와서 아이가 섣불리 걷다가 잘못되면 안 된다고 면회 금지라 하셨다. 대신 걱정하는 보호자를 위해 수술 직후부터 매일 동영상을 찍어 보내주셨다.

첫날은 속이 상했는지, 아픈지 밥도 안 먹더니 이틀째부턴 먹었다. 의사쌤들은 친절히 꼬몽이를 돌봐주셨다. 3일째부터는 조금씩 일어서기도 했다. 자주 전화해서 귀찮으셨을 텐데도 참 친절히 응답해 주셨다. 퇴원하는 날, 우리는 눈물의 상봉을 했다. 꼬몽이는 아팠던 다리 때문에 트라우마가 생긴 건지 허리를 구부정하게 걷는 버릇이 생겼다.

그러더니 허리 쪽을 자주 돌아보거나 그냥 앉아 버리곤 했다. 혹시 슬개골 탈구는 재발도 많다던데 그건가 했다. 이번엔 디스크란다. 아주 심하진 않지만 뛰어오르고 내리고가 통제 안 되면 급성으로 못 걸을 수도 있으니 주의를 시키라 하셨다. 그땐 수술밖에 방법이 없다고 하셨다.

'아, 산 넘어 산이구나. 얘는 왜 이렇게 아픈 데가 많을까.'

풍뎅과 돌프는 사람 디스크 수술도 재발 가능성이 높다는 말을 들었기 때문에 수술은 절대 안 시키겠다고 했다. 약 먹이고 침 치료를 하고 아가가 아파하면 들쳐업고 뛰었다.

둘의 유혈사태로 꼬몽이가 못 걷기도 했다. 그럴 때마다 병원에 뛰어가는 게 일이었다. 돌프는 가끔씩 화를 냈다. 병원을 이렇게 끝없이 다녀야 하냐고. 일주일에 한 번씩 정기적으로 침을 맞기로 했다. 수술은 싫으니 이렇게라도 해서 나아지길 바랐다. 하지만 못 걷는 일이 잦아졌다.

그다음 해, 꼬몽이는 주저앉았다. 다른 때와 달라 보였다. 새벽에 들쳐업고 병원으로 달렸다. 의사쌤은 꼬몽의 발을 만져 보시더니 딥 페인(Deep Pain) 반응도 없다며, 어쩌면 골든타임을 놓친 것일 수도 있어서 수술해도 만족할 결과를 못 얻을 가능성이 있다고 하셨다. 풍뎅은 엉엉 울었다.

진상을 떠는 풍뎅에게 "아직 확실한 건 아니니 MRI를 찍고 정확
한 이야기를 하자"고 하셨다. 그리고 자신의 병원은 디스크 수술을
하실 쌤과 장비가 없으니 디스크 수술로 유명한 세 군데 중 빨리 되
는 곳으로 예약을 잡아 주신다고 하셨다.

다행히 Deep Pain이 없는 상태까지 간 건 아니었다. 그러니 망설
일 시간도 없었다. 그 순간엔 빚을 내서라도 고쳐 줘야겠다는 생각밖
에 안 들었다. 바로 수술할 수 있다는 병원을 소개받고 갔는데, 굉장
히 체계적이었다. 신뢰가 가서 조금 안심이 됐다.

MRI로 아직 마취가 덜 깨 어리바리해 있는 아가가 더 정신이 들
어 안 떨어지겠다고 할까 봐 잘 부탁드린다고 정중히 인사하고 서둘
러 나왔다. 수술은 기대보다 잘 끝났다. 디스크 역시 절대 안정이어
서 면회는 금지였다. 대신 궁금해할 때마다 동영상을 찍어 보내주셨
다. 2주간의 생이별을 끝내고 아이를 만났는데 아이가 걷고 있었다.

최신 기술로 디스크 물질이라는 것만 잘 집어내서 깔끔하게 잘 됐
다면서 수술 사진과 함께 자세히 설명해 주셨다. 그리고 예쁘다고 안
아주는 습관이나 아이를 토닥거리는 과정에서 디스크에 안 좋은 영
향을 주는 행동도 자세히 말씀해 주셨다.

이후 잘 걷고 잘 뛴다. 간혹 허리가 아프다고 할 때도 있다. 그럴 땐 목욕을 시켜 달라고 목욕탕에 들어가서 짖으며 시위를 한다. 목욕을 시키고 침을 맞으러 데리고 간다. 다행히 침 놓으시는 좋은 쌤도 알게 돼서 풍뎅은 분기에 한 번씩 데리고 다니게 됐다.

이 닭이와 목욕은 신나요

"꼬몽이가 평상시엔 심술도 많이 부리는데, 이 닦을 때는 정말 얌전해요. 구석구석 닦는데도 얌전하게 잘 닦던데요?"

〈사진 33〉 돌프가 그린 관종(관심 종자) 꼬몽

병원에서 입원했을 때 간호사 쌤의 이야기다. 꼬몽이는 슬개골 수술 이후 디스크 수술을 하고 나서는 누가 자기 몸에 손대는 걸 싫어하거나 입질까지 했다. 풍뎅의 집에 자주 오는 그 누구도 꼬몽이를 안거나 쓰다듬어 보지 못했다. 낯선 사람에겐 심히 까칠했다. 그러나 만지지만 않으면 아주 나이스한 강아지다. 쫓아와서 물지는 않는다. 다만 자기를 허락 없이 맘대로 만지지 말라는 거다.

174

〈사진 34〉 쫑이는 목욕은 좋아하지만 탕을 싫어한다.
꼬몽은 늘 탕 안에서 눈을 지그시 감고 계신다.

하긴 풍뎅이 어딘가에서 읽었는데 지나가는 강아지를 맘대로 만지는 것은 그 아이들에겐 추행에 가까운 느낌을 받게 한다고 한다. 자기가 만져 달라고 오는 경우가 아니면 막 만지는 건 예의가 아니라고.

그 까칠한 꼬몽에게 이 닦는 건 예외인가 보다. 풍뎅은 어릴 때부터 아가들의 이를 매일 닦였다. 이를 닦으면서 엄마의 무수한 칭찬의 말을 듣는다. 때론 잘했다고 간식도 얻어먹는다. 풍뎅이 이 닦는 노래를 지어 부르면서 아이들을 부르면 아이들은 꼬리를 흔들며 왔다. 쫑이는 특정 회사의 치약을 특히 좋아했다. 이를 닦고 나서도 더 달라고 핥곤 했다.

깔끔한 건지 특이한 건지 풍뎅의 집 아이들은 목욕을 좋아한다. 집에서 "목욕할까?"는 금기어다. 그 말을 하면 아이들은 쏜살같이 목욕탕으로 가서 꼬리를 흔들고 서 있기 때문이다.

그들의 사이즈에 맞는 1인, 아니 1견용 목욕조를 사서 따뜻한 물에 넣어두면 몽이가 그랬던 것처럼 꼬몽이도 탕에 들어가서 몸을 지지는 걸 즐긴다. 턱을 괴고 눈을 턱~ 감고, 아마 속으로는 콧노래라도 부르는 듯싶다. 양머리를 해서 얹어 주면 코까지 골면서 주무신다.

반면 쫑이는 늘 어정쩡한 자세로 서 있다. 결코 탕에서 몸 지지기를 즐기지는 않는다.

비누칠을 하고 목욕을 시킬 때 초보 엄마 풍뎅은 서툴러서 번번이 옷을 버렸다. 그래서 아예 탈의를 하고 아이를 안고 목욕을 시키기 시작했다. 아마 아이들은 풍뎅의 품에 안겨 목욕하면서 "아이~ 예뻐. 아이~착해"를 들은 게 무한한 사랑을 받는 일이라 생각했나 보다. 아이들이 목욕을 사랑하게 된 것은 아마도 이런 이유인 것 같다.

3. 눈알을 물리다

젊은 여자가 다가온다. 인턴인 듯하다.

"어떻게 오셨어요?"
"저, 눈알을 물렸어요."

일요일의 응급실. 휴일의 응급실이 언제나 그렇듯이 급한 사람들이 북적이고 있었다. 풍뎅은 다른 사람이 들리지 않을 정도로 작게 말했다.

"네? 어디를 물렸다고요?"

풍뎅의 제스처나 빨갛게 충혈된 그 눈을 보고도 그녀는 재차 물었다. 목소리가 더 기어들어 갔다. 대신 제발 알아들으라고 제스처를 더 크게 했다.

"눈알요."

"아, 어쩌다 물리셨어요? 누구한테요?"

"개한테요."

"네? 개요?"

(어이구…, 이 아가씨야. 한 번에 좀 알아들어.)

제스처는 더 커지고 목소리는 더 기어들어 가고 있었다. '제스처로
단어 알아맞히기 퀴즈'도 아니고 이게 뭔 시추에이션?

"어떤 개요? 큰 개요?"

(이 사람아, 큰 개였으면 눈알만 물리고 말았겠니?)

"아뇨 작은 개요."

(외국도 아니고 이만큼 보디랭귀지를 쓰고 있으면 다른 사람 들을까 봐 쪽팔
려서 그런 거라는 것 좀 알아차려!)

"밖에서요?"

"아뇨. 집에서요. 집에서 키우는 강아지요."

"보통 그러면 눈을 감지 않나요?"

"아, 그게 순식간이라."

(그걸 나한테 물어보면. 그렇게 순식간에 눈을 감았으면 내가 여기 왔겠니?
어이구 답답해.)

"네 잠시만 기다리세요."

그제야 알았다는 듯 인턴은 자리를 떠났다. 잠시 후 다른 남자 인
턴이 다가왔다.

"어떻게 오셨어요?"

"개한테 눈알을 물렸어요."

"네? 어디요? 눈… 알이요?

(미쳐 버리겠다. 이분들 왜 이러니.)

주위에 있던 사람들의 시선이 하나씩 풍뎅을 향했다. 그러고는 수군댔다. '개한테 물렸대' '눈알을 물렸다네' 하면서 심지어 근처에까지 와서 풍뎅의 얼굴을 보고 가기도 했다.

정말 망신이었다. 그야말로 '개.망.신.' 쫑이 이눔 시키 엄마 눈을 왜 물어 가지고….

"어디서요?"

"집에서요"

아까의 인턴 아가씨 물은 것을 약간의 변형만 한 채 똑같이 물어보고는 "기다리라"는 말을 남기고 사라졌다. 슬슬 화딱지가 나고 있는데, 또 다른 인턴이 다가왔다. 그러자 처음에 왔던 그 여자 인턴이 다가오고 있는 세 번째 인턴에게 큰소리로 "아, 그분 집에서 개한테 눈알을 물리셨대"라고 외쳤다.

이런 맙소사. 제법 멀리 있는 사람들도 고개를 휙 돌려서 풍뎅을 봤다. 그 인턴은 듣고 왔음에도 불구하고 또다시 같은 질문을 반복하고 나서야 식염수가 담긴 커다란 팩을 갖고 왔다. 소독을 해야 하니 눈에 졸졸졸 흘려서 넣으라 했다.

집에서 소독하고 왔다고 말해도 소독을 안 하면 안 된다고 했다. 할 수 없이 몸통만 한 식염수 팩을 같이 간 몽이이모에게 들게 하고 눈알에 붓기 시작했다.

20분여 시간이 흐르자 몽이이모는 "아유 팔 아파"라며 투정을 했다. 같이 식염수 팩을 들고 있던 풍뎅의 팔도 쥐가 날 만큼 저렸다. 겨우 다 부어 가는데, 처음의 여자 인턴이 또 식염수 팩을 가지고 왔다. 보통 두 팩은 넣어야 소독이 된다나. 말도 안 된다 싶어서 눈 검사를 받겠다고 말하려 했다. 그런데 팔 아프다 투덜대던 몽이이모가 "하라는 대로 해"라며 다시 받아서 풍뎅의 눈에 넣기 시작했다.

상상해 보라. 누워서 머리 밑에는 비닐을 깔고 몸통만 한 식염수 팩을 한 시간째 들이붓는 장면을.

머리는 흘러내린 식염수에 죄다 젖었고 옷도 젖어 가고 있었다. 간이침대 밑을 기울여서 물을 흐르게 해 놓았지만 머리는 비닐 위에서 미역줄기처럼 젖어 가고 있었다.

"언니 이거 효과가 있나 봐."

"뭐가?"

"이거 봐. 하얀 식염수가 빨갛게 됐어. 소독되고 있는 거 맞지?"

일어나서 머리 밑에 있던 비닐을 보니 붉은색의 물이 고여 있었다. 기가 막혔다.

"야, 이 바보야! 나 그거게 와인색으로 코팅했거든? 그리고 이렇게 조그만 눈에서 저만큼 붉은색이 흐를 정도면 눈알을 뽑아야 할 만큼 응급 상황이겠지!"

머리를 코팅하면 1~2주 정도는 머리를 감을 때마다 물이 빠진다. 풍뎅 자매와 세 명의 인턴들은 그날 제대로 '덤 앤 더머(바보들이 나오는 영화 제목)'를 찍었다.

한 시간에 걸쳐 식염수 두 팩을 넣고 도저히 못 참겠어서 일어났다. 머리는 얼굴에 달라붙고 목덜미 부위가 축축했다. "다 넣었어요"라는 말이 떨어지기 무섭게 또 한 팩을 들고 왔다.

"두 팩 넣으라서 겨우 넣었는데 왜 또 넣어요? 저 진료 좀 받게 해주세요."
"아니, 저… 눈이 아직 빨갛게 충혈돼서 더 소독하셔야 할 것 같은데요."
"이것 보세요. 그럼 눈에 계속 식염수를 들이붓는데 눈이 어떻게 충혈이 안 돼요? 멀쩡한 눈이라도 빨개지는 게 당연한 것 아니에요?"

소심한 반항을 하고 나서야 풍뎅은 진료를 받을 수 있었다. 5분의 진료 결과 항생 안약 하나 처방. 그리고 끝!

이거 정말 뭥미. 집에 돌아와서 쫑이를 봤다. 엄마를 물었던 걸 아는지 풀이 죽어 있었다. 당시 아홉 살의 쫑이는 밥을 거부하고 있었다. 이유를 몰랐던 풍뎅은 밥과 매일 씨름을 했고 쫑이를 도발해서 밥을 먹게 하고 있었다.

그나마 밥을 뺏어 먹는 시늉을 하면 어쩔 수 없이 밥을 먹었다. 풍뎅은 쫑이의 밥그릇에 머리를 박고 먹는 시늉을 했다. "아구 아구! 맛있다. 쩝쩝!" 요란한 소리를 내면서….

그날은 별짓을 다 해가면서 유도했지만 먹기를 거부했다. 그래서 가장 싫어하는 '쫑이 머리 위에서 잡아먹을 듯 으르렁대기'로 도발을 하고 있었는데, 갑자기 이빨을 드러내며 입을 실룩거렸다. 평상시 얌전하고 사람을 물거나 으르렁거린 적도 없는 아이라 풍뎅은 재미를 느꼈다. 계속 머리 위에 입을 대고 더 크게 소리를 냈다. 순간 "왈! 왈!" 하면서 쫑이가 공중부양을 했다. 그리고 하필 그 이빨이 오가는 자리에 풍뎅의 '눈.알.'이 있었다.

"헉!" 했고 피가 좀 났다. 큰일 날 뻔했다. 그래도 다행스럽게 흰자위였으니 망정이지, 돌프가 방에서 뛰어나와 쫑이를 야단치기 시작했다. 풍뎅은 그러지 말라 했다. 순전히 도발을 한 풍뎅의 잘못이다.

그 후로도 계속 밥을 안 먹는 쫑이. 며칠 뒤 쫑이의 건강검진이 있었다. 비장 종양이었다.

'그래서 그랬던 거구나. 속도 더부룩하고 입맛이 없는 이유가 있었구나.'

〈사진 35〉 눈알을 물리다

그런 아이를 놀리듯 도발했으니. 역지사지해 보면 물어뜯고 싶었겠다는 생각이 들었다.

그날로 풍뎅은 세 가지 교훈을 얻었다. 첫째, 잠자는 사자는 건드리지 않기로. 둘째, 이상 행동을 하면 병원에 데리고 가기로. 셋째, 아무리 순한 개라도 인간의 행동에 열받을 수 있음을 알았다.

그리고 절대로 인간의 실수를 강아지에게 뒤집어씌우지 않기로 마음먹었다.

4. 쫑, 비장종양으로 비장을 떼어내다

쫑이도 어쩔 수 없이 수술을 했다. 간 수치가 3300 이상으로, 측정이 불가능한 수치가 나왔다. 비장은 림프구를 만들고 피를 맑게 해주고 항체 형성으로 면역 기능을 유지하는 기관이다. 수술 후 의사쌤은 비장이 부푼 풍선처럼 얇아져서 터질 위험이 있었다 하셨다.

풍뎅은 '그래 수술하길 잘했어. 쫑이 관리만 잘해 주면 되지'라고 위안을 했다.

초기엔 간 수치가 불안했다. 수술 한 달 후, 쫑이가 열 살이 되던 해 겨우 정상으로 돌아왔지만, 습진이 생겨 스테로이드를 쓰거나 하면 다시 널뛰기를 했다. 풍뎅의 심장도 같이 널뛰기를 했다.

길 위의 위태로운 생명들. 춘심이와의 인연

외국에서 강아지용 푸딩을 사서 먹인 적이 있다. 아직 수제간식이 많지 않던 시절, 풍뎅은 수제 간식을 만들기 시작했다. 고기푸딩, 망고 푸딩, 북어푸딩 등 여러 간식들을 푸딩으로 만들어 아이들한테 먹여 봤는데 입맛이 까다로워진 쫑이도 잘 먹었다. 그래서 개인 구조로 임시보호하시다가 입양 보내시는 블로거 지인들께 선물하기 시작했다.

그분들께 들은 얘기로도 그렇고 기록에도 그렇고 페키니즈는 한 주인만을 섬긴다는 얘기가 있다. 그래서 버려졌을 때 폐사하는 아이도 많다고 한다. 그런데 페키니즈뿐 아니다. 모든 강아지, 즉 엄마와 떨어진 아이들은 아주 어릴 때 인간의 필요에 의해 엄마와 떨어지고 처음 맞는 그 식구가 찐 식구가 되는 것이다. 그렇게 그들은 엄마는 기억도 할 수 없게 되는데 키우다가 싫증이 났다고, 문을 열어두고 키웠는데 나가 버렸다고, 아프다고…. 참 말 같지도 않은 모든 핑계를 대면서 유기한다. 덕적도나 우도에서 봤던, 배만 오면 꼬리를 흔들던 그 아이들처럼 돌아올 수 없는 먼 곳으로 가서 버리고 오기도 한다.

길 아이 중 하나였던 춘심이도 그렇게 알게 됐고, 춘심 엄마와도 사생활을 이야기할 만큼 친해졌다. 다 몽이가 맺어준 인연이다.

앞서 얘기했듯 동물원의 불편한 진실도…. 동물원은 결코 동물을 위한 시설일 수 없다는 것도 몽이로 인해 알게 됐다.

〈사진 36〉 돌프가 그린 늘 분주한 꼬몽

PART 04

아이들과 하는
매일이 소중해

1. 쫑이가 쿠싱 진단을 받다

2015. 12.

쫑이가 쿠싱(부신피질 항진증) 진단을 받았다. 약을 먹으면 교과서 수치로 남은 생명이 평균 2년이란다. 풍뎅은 또 가슴이 덜컥 내려앉았다.

잘해 준 기억이 없는데, 바빠서 산책도 잘 못 가고 많이 안아준 적도 없는데, 미안한 마음만 있는데 2년이라니… 말도 안 된다.

2년은 교과서적인 수치이고 4~5년도 가능하단다. 하지만 약이 항암제 같은 거라는데, 먹여도 되는지 걱정만 앞섰다. 사람에게 닿으면 무지 나쁘다는데, 그걸 아가한테 먹인다는 게 풍뎅은 못내 찝찝했다.

비장수술 후유증이겠지. 쫑아 아프지 마.

2016. 7. 21.(목)

쫑이가 며칠 전부터 이상행동을 한다. 그간 절대 가까이 안 오고 멀찌감치 누워 자고 안아주면 어떻게든 풍뎅의 품에서 달아나려 하던 쫑이. 그런 쫑이가 하루종일 따라다니고 안아 달라고 한다.

옆에 계속 있어 달라고 눈을 맞추고 더워서 헉헉대면서도 옆에 꼭 붙어서 자려 한다. 교과서 수치 2년 판정받고 벌써 8개월. 설마 앞으로 1년 반은 아니겠지.

'쫑아 불안해. 10년 더 살아 줄 거지?'

2017. 5. 18.(목)

생전 아프지 않던 쫑이, 늘 건강하게 옆에 있어 줄 것 같던 쫑이. 피부는 점점 나빠지고 습진, 귀의 진물.

"아가. 미안해. 아프지 마. 네가 간지러워 긁다가 비명을 질러도 엄마가 해줄 수 있는 게 없어서 미안해."

귀에 계속 진물이 나더니 귀가 안 들리나 보다. 아무리 불러도 못 듣고 자다가 풍뎅의 손이 닿으면 소스라치게 놀라서 깨는 게 다반사다. 소리를 내서 불러봤는데 간식 준다는 것도 못 듣고 잔다. 소리에 엄청 민감하던 아가였는데.

습진과 피부병으로 연신 발을 핥아대고 귀를 바닥에 대고 가려워 뒹구는데 약을 넣어주는 일 외에는 해줄 게 없다. 풍뎅은 그게 너무 속상하다. 지금보다 좋아지지는 않을 거라던 의사쌤 말씀에 절망했다. 그리고 다니던 병원이 곧 문을 닫는다고 한다. 이제 어디로 가지?

쫑이가 아파요

펜션을 다녀와서 쫑이가 피 설사를 하고 열이 40도가 넘어갔다. 눈에는 누런 눈곱이 끼고 눈을 뜨지 못한다. 뭐가 문제였을까?

췌장도 수치가 안 좋을 만큼 심각했다. 수영장 물이 안 깨끗해 보였는데, 아니 좀 더러웠는데, 그래서 그런가? 아니면 잔디 때문에? 아가들 수영장에 부유물도 많이 떠 있고 물도 안 깨끗하고 물을 뺐다 다시 채우는 과정에서 일하시는 아주머니들이 바닥 닦던 걸레로 수영장 바닥을 닦는 걸 봤던 터라 풍뎅은 꺼림칙했다.

식중독이라면 같이 먹었으니 같이 아파야 하는데 꼬몽이는 멀쩡한 걸 보면 약해진 아이라 세균이나 병균에 감염된 거 같았다. 눈도 어디서 찔린 소견이 없단다. 염증이 생긴 이유가 뭘까?.

저녁까지 먹을 걸 달라던 녀석이 아침에 고기를 남기는 것도 이상한 일이었다. 쫑이를 이틀이나 입원시키고 마음이 많이 불편했다. 돌프는 다신 애견펜션을 안 가겠다며 속상해했다. 쫑이가 힘든 치료를 마치고 돌아왔다. 열이 40도 이상 오르는 위험한 상태였는데, 원인을 알 수 없었다.

췌장까지 영향을 받을 상황이었단다. 풍뎅은 얼마나 울었는지 모른다. 펜션에 데려간 걸 어찌나 후회했는지.

그래도 이틀 뒤 다시 건강히 돌아와 줬다. 집에 와서 좋은지 연신 웃었다. 돌아와서 계속 배고파하는 아가를 못 먹게 하고 처방 통조림만 조금씩 주는데 불쌍했다. 그간 다니던 병원이 재정난으로 문을 닫아서 걱정했는데 집 근처에 믿을 만한 좋은 병원을 소개받았다. 다행이다 싶었다. 믿고 맡길 수 있어서….

190

쫑이는 열여섯. 우리에게 얼마의 시간이 주어질지 모르지만

풍뎅은 쫑이가 살아 있는 동안 두 가지를 꼭 해야겠다고 생각했다. 첫째는 그림을 배워서 아이들을 그리는 것이다. 풍뎅의 그림 실력은 한마디로 꽝이다. 그녀는 손으로 하는 모든 것이 꽝인 꽝손의 대표주자다. 그래도 그 손으로 아이들을 그려주고 싶었다. 둘째는 그간 기록을 모아 책을 내는 것이다. 잘되든 안 되든 하기로 했다.

쫑이는 점점 잠이 늘어 갔다. 밥도 안 먹고 잘 때가 많았다. 어느 날은 밥을 먹으려 깨웠더니 같은 곳을 빙빙 돌고 주저앉아 일어서지를 못했다. 다리가 후들거리는 건 좀 됐지만 이런 일은 처음이어서 너무 당황스러웠다. 본인, 아니 본견의 행동에 자신도 놀랐는지 눈물을 흘렸다. 그에 따라 풍뎅의 불안도 커져 갔다. 풍뎅은 마음이 찢어질 것 같았다.

'쫑아 미안해. 무조건 엄마가 미안해. 아프지 마. 쫑아. 엄마가 다시 공부 좀 많이 할게. 너한테 뭐가 좋은지 엄마가 찾아낼게. 더 살게 해줄게.'

병원에서 검사했더니 호르몬 유지는 잘 되고 있는데 한쪽 눈은 각막이 파열돼 통증을 느낄 수도 있다고 하셨다. 안약을 꼭 제때 넣어주라고도 하셨다. 한쪽 눈은 아직 희미하게는 보인단다. 그나마 다행이다.

풍뎅은 온 집에 카펫을 깔았다. 아파트의 마루가 미끄러워 고관절이나 슬개골, 디스크에 무리가 많이 온다고 들어서다.

하지만 쫑이는 점점 꼬장꼬장한 할배가 돼 갔다. 습진으로 털이 길면

관리가 힘들어지기 때문에 특히 습진이 심한 발 같은 곳은 자주 밀어줘야 한다. 그런데 발 털만 깎으려 하면 온갖 새소리와 닭소리를 내며 '동네 사람들아! 보소! 나 잡아요'를 외쳤다. 이러다 주기적으로 강아지를 학대하는 집이 있다고 신고가 들어갈까 봐 풍뎅이 겁을 낼 정도다.

미용을 보냈다. 거기서도 진땀을 다 빼놓은 모양이었다. 이 '할배'가 힘은 또 장사여서 뒷발질을 열심히 하며 "우웩~ 우웩~ 음메~ 아악아악~" 하고 비명을 질렀단다. 기력도 좋으시다.

가서 그 진상을 보고 난 후 미용쌤에게 정말 죄송했다. 눈이 안 보이더니 겁이 많아진 것 같다. 그 후로는 미용을 맡길 땐 쫑이를 잡고 조금이라도 미용하기 편하시게 해 드린다.

한 번은 양쪽에서 풍뎅과 돌프가 잡아 힘을 쓸 수도 뒷발질도 안 되자 그 자리에서 '촬촬촬' 정말 보란 듯이 오줌을 싸 버리셨다. 그 양도 무지 많았다. 너무 죄송하지만 풍뎅 부부의 눈에는 한없이 약한 예쁜 생명이다.

쫑이의 시간이 길게 남지 않은 것 같다. 침대에서 못 내려와 이불에 쉬를 하는 일도 허다해졌다. 매일 이불 빨래하는 게 일이었다. 새벽이면 칭얼대 잠을 깨운다. 풍뎅은 아예 마루에서 쫑이와 자기 시작했다.

이불 빨래가 귀찮아서가 아니다. 아파서 찡찡대거나 화장실 가고 싶어서 찡찡대거나 할 때 빨리 깨서 돌봐주기 위함이고, 수시로 물을 먹거나 화장실에 가게 하기 위함이다.

앞으로 얼마큼 함께할 시간이 주어질지는 모른다. 하지만 그들과

요즘들이 부쩍
힘이 빠진 쫑이.

〈사진 37〉, 〈사진38〉 돌프가 그린 현재의 쫑. 바라볼수록 맘이 아리다

함께한 시간들에서 풍뎅은 많이 배웠고 그들이 인생, 아니 견생 모두를 주는 사랑을 받았다. 울기도 했지만 그들로 인해 얻은 행복이 훨씬 더 많다.

사뿐히 '즈려밟지' 마시옵소서

쫑이는 뒷다리를 심하게 떤다. 걷다가 넘어지는 일은 이제 다반사다. 작년과는 다르게 현저하게 기력이 떨어졌다. 새벽에 베란다에 나가 배편판에 응가를 하고 뒷다리에 힘이 없어 자기도 모르게 그걸 사뿐히 지르밟고는 '응가했으니 간식 달라'고 해 맑은 얼굴을 하고는 겨우 보이는 눈으로 더듬더듬 자고 있는 풍뎅에게 다가와 깨우기 일쑤다. 깨어나서 보면 참혹한 현장에 기도 안 막힌다. 풍뎅이 잠에 취해 조금 늦게 일어나면 온 마루는 초토화다.

> "야, 이 영감님아! 사뿐히 '즈려밟지' 마시라고요. 오각질 나오겠어어어어어~!"

한바탕 난리를 치지만, 똥 지장이 뚝뚝 찍혀버린 카펫이며 발가락 사이사이에 끼어 있는 고동색의 이물질을 대하는 불편함보다 쫑이를 잃는 아픔이 더할 것 같아 야단치다가도 안아 주게 된다. 어쩌면 해맑은 얼굴이라 풍뎅이 치부했던 쫑이의 표정이 자신의 실수에 대해 미안하고 어쩔 줄 모르는 당황한 얼굴인지도 모른다는 생각도 들기 때문이다. 혼자는 도저히 수습이 안 되니 엄마를 깨워야 한다는 생각에 더듬더듬 찾아온 것은 아닐까.

"괜찮아. 강아지는 그럴 수 있어. 아이 예뻐 잘 깨웠어."

안 보이는 눈으로 거기까지 찾아가 용변을 봐 주는 것도, 본견의 실수를 알고 풍뎅을 깨워 주는 것도 고맙다. 강아지 나이 열여섯이면 사람으로는 아무리 작게 잡아도 90은 족히 넘은 건데 이정도면 훌륭한 것 아닌가?

쫑이는 하루하루 정말 열심히 자신의 견생을 살아 준다.

〈사진 39〉 사랑한다. 그리고 같이 살아 줘서, 풍뎅의 집에 와 줘서 고맙다

2. 아이들의 이야기가
그림이 되고 노래가 되다

그림들

아이가 살아있을 때 그려주고 싶어서 '내 강아지 내가 그려줄게'의 조원경 작가님께 한 달간 유화를 배웠다. 풍뎅의 손은 앞에도 언급했던 것처럼 '꽝손'이다. 더 배우러 가야 했지만 시간이 여의치 않아서 그간 배운 그림의 느낌으로 더듬더듬 그려 보기 시작했다. 물론 배웠던 때의 첫 그림과는 사뭇 다르지만 느낌대로 그려 보기 시작했다.

지인들의 아이들을 그리다 보니 정작 꼬몽이와 쫑이의 그림이 많지 않다. 하지만 풍뎅은 다시 천천히 시도할 생각을 한다.

〈사진 40〉, 〈사진 41〉 아이들의 모습

가 지 마

작사,곡 :주현영

기도

주현영
주현영

노래에 대한 부연 설명

'가지 마'는 산책을 나갔다가 주인을 잃은 강아지에 대한 노래다. 풍뎅이 '길 아이들의 이야기를 노래로 쓰겠다'고 했을 때 돌프가 너무 슬프게 끌어가지 않았으면 좋겠다고 말했다. 그래서 노래의 이야기와 멜로디가 수정됐다.

하루종일 기다리던 주인과의 시간. 산책을 하는 행복한 강아지의 시선으로 노래는 시작된다. 이 노래에는 '가지 마'가 네 번 나온다.

첫 번째 '가지마'는 나비랑 놀고 싶은 강아지가 나비를 부르는 것이고, 두 번째 '가지마'는 뛰어가는 강아지를 주인이 쫓아가며 부르는 것이고, 세 번째와 네 번째 '가지마'는 뛰다가 낯선 곳으로 가 있는 강아지가 주인을 부르는 것이다. 과연 강아지와 주인은 만났을까?

풍뎅은 이 노래에 결론을 내지 않았다. 하지만 강아지의 간절한 바람이 가사의 끝에 있다.

'네가 없는 이 세상은 너무 캄캄해. 내가 제일 좋아하는 너를 기다려. 다시 나를 불러줘.'

사람들은 참 많은 사연으로 강아지를 잃어버리거나 물건처럼 줘버리거나 버린다. 하지만 그 강아지들의 바람은 저 노래 가사처럼 다시 이름을 불러주기를 간절히 바라고 있다. 세상을 떠나는 그날까지.

그들은 자신의 첫 주인을 잊지 못한다고 한다. 보호소에서 구조해 임시보호를 하시는 분한테 들었는데, 어떤 아이는 산책을 하다가도 긴 머리의 여성만 보면 정신없이 쫓아가서 얼굴을 확인하고, 어떤 아이는 할머니만 보면 걸음이 빨라져서 그분의 얼굴을 확인하고는 터덜터덜 돌아온다고 한다.

인간 때문에 원치 않는 임신을 하고 제 새끼를 뺏기고는 정형행동을 하는 어미도 많다고 한다. 그 어미를 떠나는 상처를 한 번 받은 동물들에게 또다시 상처주는 일은 없었으면 좋겠다.

'기도'의 내용도 그런 맥락이다.

> '오직 그대만 담은 제 두 눈이 슬프지 않을 수 있기를. 저의 간절한 기도는 눈 감는 그날엔 따뜻한 그대 품안이기를.'

이 부분의 가사는 사랑하는 대상에 대한 이야기일 수도 있고 종교적인 내용으로 볼 수도 있다. 절실한 사랑의 상대를 향한 마음의 표현이니까. 그리고 그 절실한 눈을 풍뎅은 자신의 아이들에게서 봤었다.

풍뎅은 아이들이 눈 감아야 하는 날이 오면 따뜻한 그녀의 품안이기를, 그녀와 함께 사는 동안 행복했었고, 그 기억만으로 세상을 떠날 수 있기를 오늘도 간절히 소원한다. 사랑이란 받는 것이 아님을, 서로 교감하는 행복임을 알려준 아이들이기에….

에필로그

나와 같이 사는 동안 행복했니?

몽이를 보내고 많이 힘들어할 때 후배의 댓글 하나가 많은 위로를 줬다.

"언니 힘내요. 몽이는 언니가 엄마라서 행복했을 거예요."

이들이 말을 할 수 있다면 묻고 싶다.

"나랑 같이 사는 동안 행복했니?"

쫑이는 지금 열여섯 살이다. 눈도 거의 안 보이고 귀도 안 들리고 자기 세계에 있을 때가 많다. 난 내 아이들이 살아있을 때 그림을 그려주고 책을 내는 것을 목표로 삼았었다. 그 목표가 이제 눈앞이다.

이 글을 끝낼 때쯤 꼬몽이도 난생처음 밥을 거부하면서 입원하게 됐다. 아가인 줄 알았던 그 아이도 어느새 12살의 노견이 되어있었던 것이다. 퇴원시켜도 여전히 식욕이 없어서 CT와 MRI를 찍고 폐의 조직 검사를 의뢰했다. 부신도 계속 주시해서 체크해야 하고 심장도 그래야 한다고 한다. 또, 목 디스크는 심각한 편이며, 폐에는 염증이 터진 건지 괴사된 조직이 액체처럼 고여 있는데 수 만 마리의 동물을 찍는 영상센터 조차 알 수 없는, 처음 보는 형태라고 앞으로 커지는지 주시해서 봐야한단다. 아이들이 둘 다 나이가 많다보니 이 책을 쓰고 수정하는 동안도 아이들 건강에 많은 안 좋은 변화가 생겨서 다시 쓰고를 반복했다. 앞으로 얼마간의 시간이 우리에게 있을지 모르겠다. 하지만 내 아이들이 내게 최선을 다했듯, 나도 그럴 것이고 사는 동안 내 아이들이어서 행복하기를 그리고 행복했기를 바란다.

나에게 책을 쓸 수 있는 좋은 기회를 알려준 아빠께 감사드린다. 엄마, 아빠는 글을 쓰라고 독려하시고 초고도 봐 주셨다. 출판사를 소개해준 오빠도, 삽화를 그려준 돌프도, 나보다 내 아이들을 사랑해 주는 동생도 고맙다. 책을 쓴다고 하니 많은 분이 격려와 함께 도움을 주기도 하셨다.

'정말 고맙습니다.'

꼬몽이 문제로 진상을 부릴 때 이해해 주고 디스크를 고쳐 주신, 지금은 문 닫은 동물병원 '펫츠비'의 원장님과 의사 선생님들 그리고 침을 놓아 주시는 '마음을 나누는 동물병원' 원장님, 지금의 할배 쫑이와 꼬몽이를 사랑으로 돌봐주시는 '달래 동물병원' 원장님과 선생님들께 감사의 말씀을 전한다.

진상 할배 쫑이를 미용해 주시는 '밀크 펫 싸롱' 원장님인 우유 엄마님께도 감사의 말씀을 전한다. 메론을 좋아하는 쫑이에게 먹이라고 때마다 메론을 배달해주고 가는 제자에게도 감사의 마음을 전한다.

또 각지에서 버려진 아이들을 보호하고 같이 울고 웃는 화랑유치원의 화랑엄마, 궂은 날씨에도 매일 길고양이를 돌보시는 정마온니 같은 자원봉사자님들께 감사의 마음을 전한다.

그리고 무엇보다 첫 칼럼을 쓰던 5년 전, 초보의 글을 다듬어 주시고 지도해 주시고, 이 책을 쓴다 했을 때도 기꺼이 검수해 주신 엄민용 경향신문 부국장님. 부국장님 덕에 오탈자 교정부터 교열 과정도 쉽게 할 수 있었다. 진심으로 머리 숙여 감사드린다.

그렇게 세상 밖으로 나온 이 책을 내 세 아이들과 멍이 춘심이에게 보낸다.

책에 실린 노래들은 곧 제자들과 녹음해 '팝트송'이라는 장르로 2021년 1월부터 유튜브에 올라갈 예정이다. '팝트송'이란 내가 감히 만들어낸 장르로 대중적인 음악을 뜻하는 'pop(ular) song'과 가곡을 뜻하는 'art song'을 합쳐 만든 말이다. 가벼운 내용의 가곡으로 누구나 부를 수 있는 노래를 만들고 싶어 시도하게 되었다. '팝트송'이 궁금하다면 유튜브에 나의 이름 또는 '팝트송', '모노연'(모이자 노래하자 연세)으로 검색하면 전에 올린 노래들을 들을 수 있다.